时代记忆
文　丛

臧克家诗歌精选

臧克家 著　郑苏伊 选编

青海人民出版社

图书在版编目（ＣＩＰ）数据

臧克家诗歌精选 / 臧克家著 ; 郑苏伊选编 . -- 西
宁 : 青海人民出版社 , 2020.1
（时代记忆文丛）
ISBN 978-7-225-05843-6

Ⅰ . ①臧… Ⅱ . ①臧… ②郑… Ⅲ . ①诗集—中国—
当代 Ⅳ . ① I227

中国版本图书馆 CIP 数据核字 (2019) 第 225219 号

时代记忆文丛

臧克家诗歌精选

臧克家　著

郑苏伊　选编

出　版　人　樊原成

出版发行　青海人民出版社有限责任公司
　　　　　西宁市五四西路 71 号　邮政编码：810023　电话：（0971）6143426（总编室）

发行热线　（0971）6143516 / 6137730

网　　址　http://www.qhrmcbs.com

印　　刷　陕西龙山海天艺术印务有限公司

经　　销　新华书店

开　　本　890 mm×1240 mm　1/32

印　　张　11

字　　数　200 千

版　　次　2020 年 1 月第 1 版　2020 年 1 月第 1 次印刷

书　　号　ISBN 978-7-225-05843-6

定　　价　64.00 元

总　序

"人民文学"的传统在当代

李云雷

　　20 世纪中国最重要的事件是中国革命和改革开放，中国革命的胜利使中国彻底摆脱了半封建半殖民社会，获得了民族独立，"中国人民从此站起来了"；改革开放的成功则让中国走出了一穷二白的状态，奠定了民族复兴的基础。在 21 世纪的今天，我们正走在中华民族伟大复兴的征程上，当回望 20 世纪的时候，我们应该感激与铭记中国革命与改革开放，或许我们身在其中并不觉得有什么特别，但是放眼世界我们就会发现，并不是所有国家的革命都能够获得胜利，在 20 世纪末仍大体保持着 19 世纪末古老帝国版图的，只有中国；也并不是所有国家都能够进行改革开放，都能够取得改革开放的成功，或者说能够顺利推进改革开放并使国势国运日趋向上的，也只有中国。中国革命和改革开放是 20 世纪中国最重要的遗产，也是我们在 21 世纪不断开拓进取、实现民族复兴最重要的根基。

"人民文学"是在中国革命的进程中产生，并对中国革命、建设、改革产生重要影响的文学。在这里，我们所说的"人民文学"是一种泛指，在不同的历史时期曾被称为"革命文学""解放区文学""十七年文学"等，又在不同的理论视域中被命名为"左翼文学""社会主义文学""红色文学"等，"人民文学"的概念既是对上述各种称谓的通约性表达，也是在新的历史语境中的一种通俗性表达。"人民文学"与 20 世纪中国革命紧紧联系在一起，既是 20 世纪中国革命组织、动员的一种方式，也是其在文化上的一种表达。"人民文学"的重要性体现在它在转变观念、凝聚情感、社会动员与组织，以及寓教于乐等方面所发挥的作用。在 1940—1970 年代，中国内忧外患不断，生产力低下，群众的识字率较低、知识文化水平贫乏、娱乐方式简单，"人民文学"在那时起到了独特而重要的作用。作为一种文化政治传统，"人民文学"伴随 20 世纪中国革命以及建国后的社会主义建设实践而逐渐生成，并以不同方式在改革开放的历史语境中延续和变迁，它直接参与和内在于现代中国的进程，发挥着独特的革命文化能量，进而建构了新的社会主义文化经验和价值传统。

"人民文学"在 1940—1970 年代的中国文学界曾占据主流，但在改革开放的历史新时期，对"人民文学"的评价却发生了分歧与分裂，其中既有 20 世纪 80 年代、90 年代和 21 世纪初等不同时期的差异，也有国家、文学界、知识界等不同层面的差异，以下我们对这些分歧简单做一下勾勒，并对"人民文学"在新时代的状况做出分析。

在 20 世纪 80 年代，伴随着对"文革文学"的批判与反思，中国文学进入了一个繁荣发展的新时期，文学思潮层出不穷，从"伤痕文学""反思文学"到"改革文学""知青文学"，再到"寻根文学""先锋文学"，获得解放的文学释放出无穷的活力。在政治层面，中国进入了一个思想解放的时期，文艺政策也从"为政治服务"调整为"为人民服务，为社会主义服务"。在知识界，则发生了一场声势浩大的新启蒙运动。文学上的种种变化，被后来的文学史家概括为从"一体化到多元化"的转变，所谓"一体化"是指"人民文学"从 1940 年代到 1970 年代逐渐占据主流、成为主体，并趋于激进化的过程，而"多元化"则是指"一体化"因"文革文艺"的泡沫化而终止，逐渐走向开放、多元的过程。在这一历史时期，曾被激进的"文革文艺"压抑的其他文艺派别获得了重新评价，这些文艺派别既包括左翼文学内部的周扬、冯雪峰、胡风等人的文艺理论，丁玲、赵树理、孙犁、路翎等人的小说，也包括左翼文学之外的其他派别，比如自由主义文学、新月派、京派文学，等等，但在 80 年代，所谓"多元化"仍有其边界，大致限于"新文学"的范围之内，但这要到时代的进一步发展之后才能为我们知悉。1980 年代的文学大致以 1985 年为界，呈现出迥然不同的样貌，在 1985 年之前，左翼文学与现实主义仍然占据主流，而在 1985 年之后，先锋文学与现代主义蔚然成风，逐渐占据了文学界的主流，而这则伴随着文学评价标准的重大变化，那就是从革命化到现代化、从人民文学到精英文学的转变。在这一过程中，以"重写文学史"的兴起为标志，对"人民文学"的评价逐渐走低，以"写什么和怎么写"的讨论为中心，对现实主义作品的评价也逐渐走低，或许在一个渴望转变与新异的时代，这样的变化也是难免的，要等到一个新的时代，我们才能对之进行客观冷静的评价。

在 1990 年代，市场化大潮席卷而来，文学界与知识界也产生了分化与争论，1993 年、1994 年发生的"人文精神大讨论"突显了作家与知识分子面对市场大潮的分歧，一些作家与知识分子热烈拥抱市场化与世俗化大潮，而另一些作家与知识分子则在市场大潮中坚守道德理想，或者坚守个人的岗位意识。与此同时，大众文化迅速崛起，影视与流行音乐逐渐占据了文化领域的中心位置，文学的位置开始边缘化。在文学界内部，伴随着金庸、琼瑶等通俗小说的流行，以前备受"新文学"压抑的通俗文学获得了重新评价的机会，从鸳鸯蝴蝶派到张恨水，从还珠楼主到港台新武侠，都获得了前所未有的关注。"多元化"的发展突破了"新文学"的界限，而逐渐开始向通俗文学、流行文学开放，文学评价的标准也逐渐向是否能够畅销，是否能够获得市场与读者的认可转移。在这样的潮流中，"新文学"的传统趋于边缘化，"人民文学"则处于边缘的边缘。但是在知识界，也出现了重新评价左翼文学的"再解读"思潮，他们从现代化、现代性的视角重新审视左翼文学的经典作品，对之做出了与革命史视野不同的阐释，不过这种解读更多借助于西方的"市民社会""公共空间"等理论资源，其中不乏深刻的洞见，但也有失之凿枘不合之处。发生在1997年、1998年的"新左派与自由主义论争"，显示了80年代新启蒙知识分子的分裂，他们在如何认识中国、如何评价中国革命、如何看待中国与世界等诸多问题上产生了深刻分歧，自由主义者更认可西方的普世价值与世界体系，但是新左派借助于新的理论资源，更认可中国道路的主体性与独特性。这一论争是20世纪最后一场思想论争，也是迄今为止影响最大的思想争鸣，这一论争主要发生于人文领域，其中很少看到文学知识分子的身影。但这一论争涉及对中国革命与红色经典的评价问题，也为人们重新认识红色文学打开了新的视野。

在21世纪最初10年，市场化大潮与大众文化的深刻影响仍在持续，但是在文学界内部，又出现了新的因素，那就是网络文学的迅速崛起，网络文学借助新的媒体形式，形成了一种新的文学生产、传播与接受方式，也形成了一种新的文学观念与文学模式。在观念上，网络文学打破了"新文学"以来的文学内涵，"新文学"将文学视为一种严肃的精神或艺术上的事业，无论是左翼文学、自由主义文学、"为艺术而艺术"，还是"改革文学""先锋文学""寻根文学"，中国现当代文学史上彼此相异与争论的诸多文学思潮，其实都分享着这样共同的文学观念，但是网络文学的出现却改变了这一共识，网络文学重视的是文学的消遣、娱乐、游戏功能，并将之推向了极致，而不再注重文学的教化、启迪、审美等功能，这极大地改变了文学的定位与整体格局。网络文学的盛行催生了穿越、玄幻、盗墓等不同的类型文学，并逐渐形成了一整套成熟的商业模式。与此同时，在更加市场化的环境中，通俗文学占据了越来越多的市场份额，"新文学"与"人民文学"的传统被进一步边缘化，主流文学界只有依靠体制的力量——作协、期刊、出版社——才能够生存下来。在这种情形之下，"底层文学"作为一种新的文艺思潮兴起，对 80 年代以来日趋僵化的"纯文学"及其体制进行了批判与超越，在文学界与社会各界引起了广泛关注。有论者将"底层文学"与"人民文学"的传统联系起来，但围绕这一议题也发生了分歧与争论，纯文学论者竭力贬低底层文学与"人民文学"的传统，但更年轻的一代研究者对之则持更为积极的态度。在文学研究界同样如此，新世纪以来，"左翼文学""延安文艺""十七年文学"逐渐成为文学界关注与阐释的热点问题，更年轻的学者倾向于从肯定的视角重新阐释"人民文学"及其经典作家作品，但他们的努力常被主流文学界视为异端与另类。

在 21 世纪第二个 10 年之初，市场化与大众文化进一步发展，网络文学及其商业模式则更趋于成熟，逐渐形成了"三分天下"的整体文学格局，即纯文学（严肃文学）、畅销书、网络文学三者各据一隅，纯文学（严肃文学）以期刊、作协、评奖为中心，畅销书以出版社与经济效益为中心，网络文学以点击率与 IP 改编为中心，各自形成了一套相对独立的文学运转与评价体系。但在 2014 年，这一整体格局开始发生转变。2014 年及其之后，习近平总书记发表《在文艺座谈会上的讲话》等一系列关于文艺问题的重要论述，这是继毛泽东《在延安文艺座谈会上的讲话》之后，我党最高领导人首次系统阐释对文艺问题的观点，讲话所提出的"坚持以人民为中心的创作导向""文艺不要做市场的奴隶""创作是自己的中心任务，作品是自己的立身之本"等观点，继承了我党"文艺为人民服务，为社会主义服务"的优秀传统，又对文艺界出现的新问题、新现象、新经验做出了分析与判断，为新时代文艺的发展指明了方向，已经改变了并将继续改变文学界的整体格局。

改变之一，是"人民文学"的传统得到弘扬。自 20 世纪 80 年代中期以来，"人民文学"传统先后遭遇"先锋文学"、通俗文学、网络文学等巨大变革的挑战，日渐趋于边缘化，虽曾以"底层文学"的名义短暂复兴，而并没有得到主流文学界的认可，但"以人民为中心的创作导向"提出之后，极大地扭转了文学界的整体状况，"人民文学"传统受到重视，红色文学的经典作品也得到重新阐释与更大范围的认可。

改变之二，是"新文学"的观念得以传承。中国的"新文学"虽然有内部不同派别的论争以及不同历史时期的巨大断裂，但却都将文学视为一种精神或艺术上的事业，这一点与通俗文学、类型文学注重消遣娱乐有着本质的不同，习近平总书记系列讲话中将作家艺术家视为"灵魂的工程师"，将文艺视为中华民族伟大复兴进程中的重要力量，指出"文艺是时代前进的号角，最能代表一个时代的风貌，最能引领一个时代的风气"，在这一基点上鼓励探索与创新，这是对新文学观念与传统的认可、尊重与倡导。

改变之三，是"三分天下"的格局得以改观。"三分天下"是各自形成了一套相对独立的文学运转与评价系统，但习近平总书记系列讲话是对文艺界整体讲的，也是对文学界整体讲的，不仅包括纯文学（严肃文学）界，也包括通俗文学、网络文学等领域，目前通俗文学、网络文学领域已经发生了巨大的变化，比如官场小说的转型、科幻小说的兴起，以及网络小说更加关注现实题材，更加注重现实主义等，"三分天下"的格局有望在相互竞争与争鸣中形成一种新的、开放而又统一的评价体系。

但是从另一个角度来说，现在的改变仍然只是初步的，一个突出的表现是《创业史》等人民文学的经典作品虽然得到了国家与政治层面的推崇，也得到了知识界愈发深入的研究，但是在主流文学界并没有内化为重要的写作资源与参照，很多作家心目中的理想作品仍然是中国古典、俄苏 19 世纪批判现实主义以及欧美 20 世纪现代派作品，并未真正将"人民文学"作为自己可资借鉴的重要传统；另一个突出表现是习近平总书记《在文艺座谈会上的讲话》发表已经 5 年，但并没有真正出现"以人民为中心的创作导向"的经典作品，现有的艺术性较高的优秀作品并没有坚持以人民为中心的创作导向，而有些试图坚持以人民为中心的创作导向的作品则在思想性、艺术性上存在不少缺憾，并没有达到更高层次上的融合与统一。这似乎也很难归咎于作家努力得不够，一个人思想观念的转变是艰难的，而新时期以来"人民文学"及其传统的不断边缘化，红色文学被贬低几乎成为文学界的集体无意识，要转变这样的观念，需要我们做出更加艰苦的努力。

在今天，我们需要在新的时代背景下重新认识"人民文学"的合理性与历史经验，重新梳理新中国前三十年与后四十年文学的关系，重新理解文学与人民、时代、生活的关系，面对 21 世纪正在渐次展开的历史，我们应该从"人民文学"中汲取理想主义等稀缺性精神资源，从而创造中国文学新的未来。

在这种情况下，青海人民出版社编辑出版的《时代记忆文丛》显示了历史性与前瞻性的眼光，将对重新认识和发掘"人民文学"的精神资源，传承"人民文学"的优秀传统产生重要影响。此套丛书邀请前沿学者或熟谙作品的作者子女选编人民文学代表作家的代表作品，选编丁玲、贺敬之、郭小川、李季、艾青、臧克家、赵树理、孙犁、田间、李若冰等经典作家。每种选编作品前置有一篇序言，系统介绍作家生平、创作，梳理关于他们的研究史与评价史，既有历史与文学价值，也具有新时代的眼光与视野，可以让我们看到这些文学前辈是如何在与时代、人民、生活的融合中进行艺术创作的，他们的经验值得我们借鉴，他们的作品值得我们学习。新时代的中国作家只有自觉地继承"人民文学"的传统，才能在"坚持以人民为中心的创作导向"中大有作为，我们期待这套丛书能够为新时代作家的艺术创作提供可资借鉴的资源，也期待这套丛书能受到广大读者的喜爱与欢迎。

2019 年 10 月 28 日

序

时代风雨铸诗魂

——写在《臧克家诗歌精选》之前

郑苏伊

　　臧克家是中国现当代著名诗人、作家，在99岁的生命途程中，他用了将近80年的岁月投身于文学创作，几乎穷尽一生为祖国、为民族、为时代高歌，他的创作历程被称作"几乎可以说是一部足以现身说法的活生生的中国新诗史"。

　　臧克家1905年出生于山东诸城一个没落的封建地主家庭，自幼受热爱诗歌的祖父、父亲影响，打下了良好的古典文学基础。童年时代与贫苦农民朋友朝夕相处，使他深切地了解了中国农民的悲惨命运和坚韧性格，在与大自然的亲密接触中，他对祖国的山川田园产生了深深的热爱之情。正因如此，描摹旧中国农村的风土人情，书写旧中国农民的苦难生活，歌颂祖国的大好河山，成为臧克家日后文学创作的重要主题。他曾说："童年的一段乡村生活，使我认识了人间的穷愁、疾苦和贫富的悬殊。同时，纯朴、严肃、刻苦、良善……我的脉管里流入了农民的血。"

臧克家真正接触新文学作品并产生文学创作的冲动，是 1923 年在济南第一师范求学时期。当时他受"五四"新思潮的影响，广泛阅读了新文学特别是新诗作品，自己也开始了新诗创作的尝试。1926 年底，为了寻求光明，臧克家毅然中断学业，到革命中心武汉考入中央军事政治学校武汉分校（黄埔六期）。严格的政治教育和军事训练以及亲身参加讨伐叛军夏斗寅的战役，锻炼教育了臧克家，使他的思想有了指南针，开始正确地认识了人生和革命的伟大意义，奠定了他一生前进的道路，终生不渝。

1929 年 12 月，臧克家在青岛《民国日报》上发表了诗作《默静在晚林中》，这是他第一次在报刊上发表诗歌作品。

1930 年，臧克家以数学 0 分，国文 98 分的成绩被国立青岛大学（后改为国立山东大学）破格录取，他凝结着自己 25 年人生感悟的"人生永远追逐着幻光，但谁把幻光看作幻光，谁便沉入了无底的苦海"短短三句"杂感"，深深打动了中文系主任闻一多先生。从此，他在一多先生的教导下潜心学诗，追随一多先生走上了现实主义的诗歌创作道路。

当时，中国农村的凋零破败和穷苦农民的悲惨命运，大革命失败的惨痛经历，国难当头民族危亡的沉痛现实，这一切都淤积在臧克家的心头，而诗歌创作就成为冲破淤积的突破口。在此期间他创作的诗篇《老马》，以凝练质朴的诗句刻画了一匹负重前行的老马的形象，象征着旧中国农民忍辱负重的悲苦生活和坚忍不拔的倔强性格，成为中国新诗史上的名作。同时期发表的大部分作品也都是描绘"老哥哥""贩鱼郎""炭鬼""洋车夫""渔翁""小婢女"等"黑暗角落里的零零星星"的悲惨遭遇，以及抒写自己对生活的理解和感悟。这些现实主义的诗歌作品给当年的诗坛吹来一股清新的风，受到了读者和评论家的瞩目。

臧克家的早期诗作，在艺术上着力传承中国古典诗歌的优秀传统，也从外国诗歌中汲取了营养。他不仅追求诗歌结构的严谨缜密，意象的鲜明丰富，比喻的精巧新颖，而且在遣词造句上也非常讲究，力求恰切。这样，他在艺术上建立了自己质朴、凝练、含蓄、蕴藉的艺术风格。

1933 年，臧克家的第一部诗集《烙印》自费出版，在诗坛引起了很大反响。闻一多说："克家的诗，没有一首不具有一种极顶真的生活的意义。"茅盾称赞《烙印》的二十二首诗"只是用了素朴的字句写出了平凡的老百姓的生活"，他"相信在目今青年诗人中，《烙印》的作者也许是最优秀中间的一个了"。朱自清认为，以臧克家作品为代表的诗歌出现之后，"才有了有血有肉的以农村为题材的诗"。这样，臧克家携他的处女作《烙印》登上了中国文坛，成为"1933 年文坛上的新人"。之后，臧克家又陆续出版了诗集《罪恶的黑手》《运河》，受到了好评，从此蜚声文坛。

1937 年抗日战争全面爆发，臧克家把个人命运和民族命运紧密地联系在一起，满怀激越的爱国热情，抛家舍业，高唱战歌赴疆场，在抗战前线从事文化宣传工作。

> 诗人们啊！
> 请放开你们的喉咙，
> 除了高唱战歌，
> 你们的诗句将哑然无声！

抗战前期，臧克家曾冒着敌机轰炸的危险，三进台儿庄前线采访抗战将士，创作了长篇报告文学集《津浦北线血战记》，讴歌了正面战场上中国军队英勇抗敌、不怕牺牲的大无畏精神，揭露了敌人的凶狠残暴；他不畏艰辛率第五战区战时文化工作团深入河南、湖北、安徽农村及大别山区，开展抗战文艺宣传和创作活动；他不顾个人安危组织"文艺人从军部队"，冒死赴随枣前线采访抗敌将士，并参加随枣战役。"前线上战士壮烈的牺牲；沦陷了的土地上同胞们被惨杀的血迹；流亡道路中的难民的眼泪；遍地民众为保卫家乡而作的血战；青年男女为国忘身的伟大精神……刺着我的眼睛，刺着我的心。使我兴奋，使我止不住悲壮的眼泪。同时，汉奸的无耻，颓废者的荒唐与堕落，又使我多么愤恨！……我这样愿望着，把自己的身子永远放在前方，叫眼睛，叫这颗心，被一些真切的血肉的现实牵动着。"（《从军行》自序）

> 我没有拜伦的彩笔，
> 我没有裴多斐的喉咙，
> 为了民族解放的战争，
> 我却有着同样的热情。
>
> 我甘愿掷上这条身子，
> 掷上一切，
> 去赢最后胜利的
> 那一份光荣。

在诗集《罪恶的黑手》的序言中，臧克家曾说自己的诗要在外形上"脱开过分的拘谨渐渐向博大雄健处走"，也就是希望自己的创作风格能够适应大时代的召唤，来一个大的转变。而正是在抗战前期，臧克家奔走呼号于斗争第一线，用澎湃的热情书写出抗战前线的真实场景，诗风逐渐变得热情开朗，豪迈奔放。

> 兵车向前方开。
> 炮口在笑，
> 壮士在高歌，
> 风萧萧，
> 鬓影在风里飘。

在整个抗战期间，臧克家创作了《从军行》《泥淖集》《呜咽的云烟》《向祖国》《国旗飘在鸦雀尖》《淮上吟》《古树的花朵》等多本诗集，鼓舞了爱国同胞的抗战热情，描绘了正面战场上中国军队对日寇浴血奋战的壮烈场景，刻画了汉奸卖国贼的丑恶嘴脸，在当时产生了很大影响。即使今日读来，对当今读者了解当年全面抗战的历史真实面貌也会起到很大作用。

然而，到了抗战后期，国民党当局出于政治的需要，对进步作家采取了排挤打击的政策。因在与友人共同创办的《大地文丛》创刊号上刊登了宣传马克思主义文艺观点的文章，刊物被当局查禁，臧克家愤然辞职，并写下了著名的诗篇《春鸟》，以"我的喉头上锁着链子，我的嗓子在痛苦地发痒"的诗句，抒发了自己对当局倒行逆施的愤懑之情。

1942 年夏，臧克家冒着酷暑自河南叶县历经艰难徒步奔赴战时陪都重庆。在重庆期间，他积极参加中华全国文艺界抗敌协会组织的各种活动。1943 年 6 月，他的诗集《泥土的歌》问世，臧克家称它是"从我深心里发出来的真挚的声音"，是"全灵魂注入的诗"，他把它和《烙印》一起视为自己的"一双宠爱"。在这本诗集中，"有愁苦，有悲愤，有希望，也有新生"，臧克家用自己"湛深的感情"，写就了这部献给中国农村和中国农民的歌。

1946年，臧克家来到上海。那时的上海，物价飞涨，民不聊生，特务横行，白色恐怖日趋严重。臧克家对国民党腐朽黑暗的统治极为痛恨，写下了大量的政治讽刺诗，结集为《宝贝儿》《生命的零度》出版。《人民是什么？》《再见了，"国大"代表们》等诗篇，针砭时弊，尖锐深刻，在国统区产生了很大的影响。越是身处险境，臧克家的斗志越是旺盛，他坚信长夜漫漫终会有明，在《冬天》一诗中他预言："这该是最后的一个严冬。"

最后的一个严冬格外寒冷，濒临灭亡的国民党政权疯狂迫害镇压进步文化人士，臧克家也上了特务的黑名单，最后被迫于1948年底只身潜往香港。

1949年3月，在中共党组织安排下，臧克家回到了解放区北平。经历了多年的颠沛流离，回到了人民当家作主的解放区，臧克家的心情无比喜悦和激动。同年10月，在纪念鲁迅逝世十三周年的日子里，臧克家以饱满的激情写下了《有的人——纪念鲁迅有感》一诗，诗中运用对真与假、善与恶、美与丑的强烈对比，歌颂了以鲁迅为代表的"俯下身子为人民当牛马"的民族英雄，鞭挞了"把名字刻在石头上想不朽"的达官贵人，这首极其富有哲理的诗篇成为中国新诗史上的经典之作，直至今日仍被人们广泛传诵。

1956年，臧克家调任中国作家协会书记处书记，1957年至1965年任《诗刊》主编。在担任《诗刊》主编期间，他兢兢业业致力于社会主义文学事业的组织领导工作，在繁荣诗歌创作、加强诗歌队伍建设中，发挥了重要作用。与此同时，他满怀对祖国对人民的无限热爱之情，勤奋创作，笔耕不辍，相继出版了《李大钊》《凯旋》等诗集。

"文革"期间臧克家遭受迫害，被下放到湖北咸宁文化部"五七"干校劳动三年。

粉碎"四人帮"后，年逾古稀的臧克家文思泉涌，迎来了他文学创作的又一个春天。除了新诗创作，深厚的古典文学功底使臧克家在旧体诗词创作方面也颇为得心应手，成为他晚年文学创作的重要组成部分。他的一些诗句，如"老牛亦解韶光贵，不待扬鞭自奋蹄"等，已在读者中广为流传。他还创作了大量精美的散文和古典诗文欣赏，向世人展现出他作为散文大家的另一种风貌。从《落照红》《放歌新岁月》等诗集中可以看出，晚年臧克家的诗歌创作一改早期创作沉郁顿挫的风格，变得明丽清新，积极向上，表现了一位耄耋老人对祖国对人民无比热爱的拳拳之心。

2004 年 2 月 5 日，臧克家以 99 岁高龄辞别了这令他无比热爱眷恋的世界，驾鹤飞往诗的天国。

"一代文章传浩气，百年风雨铸诗魂。"纵观臧克家将近 80 年的文学创作历程，我们可以清楚地看到，无论经历了多少风云变幻，时代更迭，祖国和人民在他心中永远是至高无上的存在，他一切的歌吟都是为了他们。在民国时期，他为底层人民的悲惨命运歌哭，他为祖国遭受侵略呐喊，他为民族的自由解放高歌。在中华人民共和国成立后，他为人民翻身得解放欢呼，他为祖国的日益强盛称颂，他为中华民族自立于世界民族之林自豪。祖国和人民始终是贯串于臧克家文学创作的一条浓墨重彩的主线，是他文学创作的灵魂所在。

著名诗人贺敬之先生曾说过："臧克家同志是'五四'以来继郭沫若之后几位最有成就的大诗人中间的一个，在我国新诗发展史上占有重要地位。"臧克家"是始终如一地与时代同步，和人民同心的一位人民的诗人，革命的诗人。他的具有崭新民族风格和鲜明个人独创性的革命现实主义的诗篇，生动地反映了从民主革命时期到社会主义各个阶段的历史足迹，热情地表现了人民大众的苦难、斗争、向往和追求，因而赢得了人民的喜爱和历史的承认，并对新诗的发展产生了深远的影响。"我认为，贺敬之先生的这番话是对臧克家这位世纪诗翁最为恰切的评价。

在中华人民共和国成立七十周年前夕，青海人民出版社决定出版这本《臧克家诗歌精选》，作为作者的家属，我们由衷地表示感谢！希望这本《臧克家诗歌精选》能为广大读者带来丰富的精神享受。

2019 年 7 月 27 日

目 录

默静在晚林中

萧瑟疏林遥织着霞的鳞锦，

枯草深埋着飘零的黄叶，

微风吹散了尘寰梦痕，

波荡的海涛应和着清韵的心琴！

深深合上了智慧的眼睛，

细味着清冷仙岛的胜景，

众美之神歌舞着幽美的情调，

云影山光为我图绘着艺术之宫！

沉浊的迷梦在这时清醒，

污秽的灵魂化成了冰清，

陶醉在自然美妙的怀抱中，

我默默地赞颂着人生至境！

1929 年 11 月 16 日于青岛大学

狂风暴雨之夜

夜幕深垂着森严的恐怖，

恶魔放浪着得意的歌舞，

宇宙溺入了凄惨的黑海，

再找不出一丝暖意！

弱者的白骨搭起了罪恶的高峰，

血雨淋漓浸润着痛创的悲情，

人生葬埋在墟墓的骷髅中，

隐隐低咽的鬼声透露着枯杨的悲鸣！

怒吼的狂风摇震着哀号的林木，

暴雨激荡着海涛翻腾，

黑暗放射了临死的返照，

长夜漫漫终会有明！

狂风,吹吧!

吹倒荒凉人生的支柱。

暴雨,打吧!

打破墟墓的幽灵之门。

东方露出了丝丝光明,

那是人类新生的象征,

朋友们,努力吧,

暖和的太阳会普照我们的生之前程。

1929 年 12 月

捡煤球的姑娘

一堆垃圾，春风在上面
吹不出美丽的花朵，
淘金似的，小姑娘们
把希望放在指头尖上。

尘雾迷了人的脸，
连心也全是黑色了；
她们的青春不见开花，
暗暗地憔悴了，在黑风里。

1930 年 5 月

不久有那么一天

不要管现在是怎样,等着看,

不久有那么一天,

宇宙扪一下脸,来一个奇怪的变!

天空耀着一片白光,

黑暗吓得没处躲藏,

人,长上了翅膀,带着梦飞,

赛过白鸽翻着清风,

到处响着浑圆的和平。

丑恶失了形,美丽慌张着

找不到自己的影。

偶然记起前日的人生,

像一个超度了的灵魂,

追忆几度轮回以前的秽形。

不过,现在你只管笑我愚,

就像笑这样一个疯子,

他说:"太阳是从西天出,

黄河的水是清的。"

这话于今叫我拿什么证实？

阴天的地上原找不到影子，

但请你注意一件事：

暗夜的长翼底下，

伏着一个光亮的晨曦。

1931 年冬

难　民

日头坠到鸟巢里，

黄昏还没溶尽归鸦的翅膀，

陌生的道路，无归宿的薄暮，

把这群人度到这座古镇上。

沉重的影子，扎根在大街两旁，

一簇一簇，像秋郊的禾堆一样，

静静地，孤寂地，支撑着一个大的凄凉。

满染征尘的古怪的服装，

告诉了他们的来历，

一张一张兜着阴影的脸皮，

说尽了他们的情况。

螺丝的炊烟牵动着一串亲热的眼光，

在这群人心上抽出了一个不忍的想象：

　"这时，黄昏正徘徊在古树梢头，

从无烟火的屋顶慢慢地涨大到无边，

接着，阴森的凄凉吞了可怜的故乡。"

铁力的疲倦，连人和想象一齐推入了朦胧，

但是，更猛烈的饥饿立刻又把他们牵回了异乡。

像一个天神从梦里落到这群人身旁，

一只灰色的影子，手里亮出一支长枪，

一个小声，在他们耳中开出个天大的响：

"年头不对，不敢留生人在镇上。"

"唉！人到哪里灾荒到哪里！"

一阵叹息，黄昏更加了苍茫。

一步一步，这群人走下了大街，

走开了这异乡，

小孩子的哭声乱了大人的心肠，

铁门的响声截断了最后一人的脚步，

这时，黑夜爬过了古镇的围墙。

1932 年元旦于古琅玡

变

当我的生命嫩得像花苞，

每样东西都朝着我发笑，

（现在不忍一件一件从头数了。）

那时活着，像流水穿过花间，

拉长了一条希望的白链，

那时只顾赶着好玩，

一颗小心飞在半天，

谁记清枉抛了欢情多少？

还有不值钱的笑。

这确乎不是才滚下了梦缘，

前日的东西怎么全变了脸？

回头看自己年华的光辉，

颜色退到了可怜的惨白，

低头我在黑影中哭着找——

半截的心弦上挂满了心跳，

然而我还有勇气往下看，

我拭干眼泪瞅着你们变。

1932 年 2 月

故 乡

我怕想起：
你还朦胧在雾縠里，
我偷离开你的身旁，
走远了，再回头，
树梢高挑一缕阳光。

我爱想起：
我来了，红霞在西天驶，
你有意叫晚烟笼着你，
我揭开我的心，
预备接你的欢喜。

我恨想起：
在有月亮的夜里，
眼皮下转着无绪的幽思，

不知几时沁出一点泪，

这时候我最想你。

1932 年 3 月于青岛

老哥哥

"老哥哥，翻些破衣裳干吗？

快把它堆到炕角里去好了。"

"小孩子，不要闹，时候已经不早了！"

(你不见日头快给西山接去了？)

"老哥哥，昨天晚上你不是应许

今天说个更好的故事吗？"

"小孩子，这时你还叫我说什么呢？"

(这时你叫他从哪儿说起？)

"老哥哥，你这霎对我好，

大了我赚钱养你的老。"

"小孩子，你爸爸小时也曾这样说了。"

(现在赶他走不算错，小时的话哪能当真呢。)

"老哥哥，没听说你有亲人，

你也有一个家吗？"

"小孩子，你这儿不是我的家呀！"

(你问他的家有什么意思？)

"老哥哥，你才到俺家时，我爸爸

不是和我这时一样高？"

"小孩子，你问些这个干什么？"

（过去的还提它干什么？）

"老哥哥，你为什么不和以前一样

好好哄我玩了？"

"小孩子，是谁不和以前一样了？"

（这，你该去问问你的爸爸。）

"老哥哥，傍落日头了，牛饿得叫，

你快去喂它把草。"

"小孩子，你放心，牛不会饿死的呀！"

（能喂牛的人不多得很吗？）

"老哥哥，快不收拾吧，你瞧屋里全黑了，

快些去把大门关好。"

"小孩子，不要催，我就收拾好了。"

（他走了，你再叫别人把大门关好。）

"老哥哥呀，你……你怎么背着东西走了？

我去和我爸爸说。"

"小孩子，不要跑，你爸爸最先知道。"

（叫他走了吧，他已经老得没用了！）

1932 年 3 月

忧　患

应当感谢我们的仇敌。
他可怜你的灵魂快锈成了泥，
用炮火叫醒你，
冲锋号鼓舞你，
把刺刀穿进你的胸，
叫你红血绞着心痛，你死了，
心里含着一个清醒。

应当感谢我们的仇敌。
他看见你的生活太不像样子，
一只手用上力，
推你到忧患里，
好让你自己去求生，
你会心和心紧靠拢，组成力，
促生命再度的向荣。

"九·一八"事变第二年3月

贩鱼郎

鱼在残阳中闪金光，
大家的眼亮在鱼身上，
秤杆在他手底一上一下，
他的脸是一句苦话。

人们提着鱼散了阵，
把他剩给了黄昏，
两只空筐朝他看，
像一双失望的眼。

"天大的情面借来的本钱，
末了赚回了不够一半，
早起晚眠那不敢抱怨，
本想在苦碗底捞顿饱饭。"

暗中潮起一阵腥气，

银元讥笑在他的手里，

双手拾起了空筐，当他想到：

家里挨着饿的希望。

1932 年 4 月于青岛

老 马

总得叫大车装个够，
它横竖不说一句话，
背上的压力往肉里扣，
它把头沉重地垂下！

这刻不知道下刻的命，
它有泪只往心里咽，
眼里飘来一道鞭影，
它抬起头望望前面。

1932 年 4 月

炭 鬼

鬼都望着害怕的黑井筒，
真奇怪，偏偏有人活在里边，
未进去之先，还是亲手用指印
在生死文书上写着情愿。

没有日头和月亮，
昼夜连成了一条线，
活着专为了和炭块对命，
是几时结下了不解的仇怨？

他们的脸是暗夜的天空，
汗珠给它流上条银河，
放射光亮的一双眼睛，
像两个月亮在天空闪烁。

你不要愁这样的日子没法消磨，

他们的生命随时可以打住：

魔鬼在壁峰上点起天火，

地下的神水突然涌出。

他们不曾把死放在心上，

常拿伙伴的惨死说着玩，

他们把死后的抚恤

和妻子的生活连在一起看。

他们也有个快活的时候，

当白干直向喉咙里灌，

一直醉成一朵泥块，

黑花便在梦里开满。

别看现在他们比猪还蠢，

有那一天，心上迸出个突然的勇敢，

捣碎这黑暗的囚牢，

头顶落下一个光天。

1932 年 5 月

希 望

自从宇宙带来了缺陷，

人类为了一种想念发狂，

精神上化出了一个影像，

那就是你——美丽的希望。

在沙漠上，疲倦困住了旅客的心，

他们的脚下坠着沉重，

一步一步趋近黄昏，

拖不动自己高大的影。

这时你是一泉清水，

远远地放出一点清响，

这声响才触到焦灼的心上，

他们即刻周身注满了力量！

在暗夜里，你是一星萤火，

拖着点诱惑的光，

在无边的黑影中隐现，

你到底是真实还是虚幻？

原来没有一定的形象，

从人心上你偷了个模样。

现实在你后面，像参星向辰星赶，

当中永远隔一个黑夜，

在晨光中，参瞅白了眼，

望不见辰在天的那边。

你把人类脸前安上个明天，

他们现在苦死了也不抱怨，

你老是发着美丽的大言，

从来不知道什么叫红脸。

人类追着你的背影乞怜，

你从不给他们一次圆满，

他们掩住口老不说厌倦，

你挟着他们的心永远向前。

你也可以骄傲地自夸：

"我的遗迹造成了现世的荣华。"

你再加一句自谦："这算了什么，

前面的一切更叫你惊讶！"

我们情愿痴心听从你，

脸前的丑恶不拿它当回事，

你是一条走不完的天桥，

从昨天度到今天，从今天再度到明朝。

1932 年

当炉女

去年，什么都是他一手担当，

喉咙里，痰呼呼地响，

应和着手里的风箱，

她坐在门槛上守着安详，

小儿在怀里，大儿在腿上，

她眼睛里笑出了感谢的灵光。

今年，是她亲手拉风箱，

白绒绳拖在散乱的发上，

大儿捧住水瓢蹀躞着分忙，

小儿在地上打转，哭得发了狂，

她眼盯住他，手却不停放，

果敢咬住牙根："什么都由我承当！"

1932 年 8 月

拾落叶的姑娘

她不管秋光老得多可怜，
也不管冷风吹得多凄惨，
让破烂的单衣发着抖，
只顾拾着，一片，两片，三片。

不知道凄艳的风光好，
也不知道什么叫悲感，
只忙着把篮子拾满，
家去换妈妈一个笑脸。

1932 年

烙　印

生怕回头向过去望，
我狡狯地说"人生是个谎"，
痛苦在我心上打个印烙，
刻刻警醒我这是在生活。

我不住地抚摩这印烙，
忽然红光上灼起了毒火，
火花里迸出一串歌声，
件件唱着生命的不幸。

我从不把悲痛向人诉说，
我知道那是一个罪过，
浑沌地活着什么也不觉，
既然是谜，就不该把底点破。

我嚼着苦汁营生，

像一条吃巴豆的虫，

把个心提在半空，

连呼吸都觉得沉重。

1932 年

洋车夫

一片风啸湍激在林梢，
雨从他鼻尖上大起来了，
车上一盏可怜的小灯，
照不破四周的黑影。

他的心是个古怪的谜，
这样的风雨全不在意，
呆着像一只水淋鸡，
夜深了，还等什么呢？

1932 年

天 火

你把人生夸得那样美丽，
像才从鲜柯上摘下来的，
在上面驰骋你灵幻的光，
画上一个一个梦想。

这你也可以说是不懂：
浓云把闷气写在天空，
蜻蜓成群飞，带着无聊，
那是一个什么征兆。

一个少女换不到一顿饭吃，
人肉和猪肉一样上了市，
这事实真惊人又新鲜，
你只管掩上眼说没看见。

我知道你什么都谙熟，

为了什么才装作糊涂，

把事实上盖上只手，

你对人说："什么也没有。"

人们有一点守不住安静，

你把他矷头再加个罪名，

这意义谁都看清，

你要从死灰里逼出火星。

不过，到了那时你得去死，

宇宙已经不是你的，

那时火花在平原上灼，

你当惊叹："奇怪的天火！"

1932 年

神 女

天生一双轻快的脚，
风一般的往来周旋，
细的香风飘在衣角，
地衣上的花朵开满了爱恋。
（她从没说过一次疲倦。）

她会用巧妙的话头，
敲出客人苦涩的欢喜，
她更会用无声的眼波，
给人的心涂上甜蜜。
（她从没吐过一次心迹。）

红色绿色的酒，
开一朵春花在她脸上，
肉的香气比酒还醉人，
她的青春火一般的狂旺。

（青春跑得多快，她没暇去想。）

她的喉咙最适合歌唱，

一声声打得你心响，

欢情，悲调，什么都会唱，

只管说出你的愿望。

（她自己的歌从来不唱。）

她独自支持着一个孤夜，

灯光照着四壁幽怅，

记忆从头一齐亮起，

嘘一口气，她把双眼合上。

（这时，宇宙间只有她自己。）

1933 年元旦

生 活

这可不是混着好玩，这是生活，

一万支暗箭埋伏在你周边，

伺候你一千回小心里一回的不检点，

灾难是天空的星群，

它的光辉拖着你的命运。

希望是乌云缝里的一缕太阳，

是病人眼中最后的灵光，

然而人终须把它来自慰，

谁肯推自己到绝境的可怜？

过去可喜的一件件，

（说不清是真还是幻）

是一道残虹染在西天，

记来全是黑影一片，

惟有这是真实，为了生活的挣扎

留在你心上的沉痛。

它会教你从棘针尖上去认识人生，

从一点声响上抖起你的心，

（哪怕是春风吹着春花）

像一员武士在嘶马声里想起了战争。

那你再不会合上眼对自己说：

"人生是一个无据的梦。"

更不会蒙冤似的不平，

给蚊虫呷一口，便轻口吐出那一大串诅咒。

在人生的剧幕上，你既是被排定的一个角色，

就当拼命地来一个痛快，

叫人们的脸色随着你的悲欢涨落，

就连你自己也要忘了这是做戏。

你既胆敢闯进这人间，

有多大本领，不愁没处施展，

当前的磨难就是你的对手，

运尽气力去和它苦斗，

累得你周身的汗毛都擎着汗珠，

但你须咬紧牙关不敢轻忽；

同时你又怕克服了它，

来一阵失却对手的空虚。

这样，你活着带一点倔强，

尽多苦涩，苦涩中有你独到的真味。

1933 年 4 月

歇午工

放下了工作，

什么都放下了，

他们要睡——

睡着了，

铺一面大地，

盖一身太阳，

头枕着一条疏淡的树荫，

这个的手搭上了那个的胸膛。

一根汗毛

挑一颗轻盈的汗珠，

汗珠里亮着坦荡的舒服。

阳光下，铁色的皮肤上

开一大片白花，

粗暴的鼾声扣着

呼吸的匀和。

沉睡的铁翅盖上了他们的心，

连个轻梦也不许傍近，

等他们静静地

睡过这困人的正晌，

爬起来，抖一下，

涌一身新的力量。

1933 年 6 月

渔 翁

一张古老的帆篷，

来去全凭着风，

大的海，一片荒凉，

到处飘泊到处是家。

老练的手

不怕风涛大，

船头在浪头上

冲起朵朵白花。

夕阳里载一船云霞，

静波上把冷梦泊下，

三月里披一身烟雨，

腊月天飘一蓑衣雪花。

一支橹，曳一道水纹，

驶入了深色的黄昏，

在清冷的一弦星光上

拨出一串寂寞的歌。

听不尽的涛声,

一阵大,一阵小——

饥困的吼叫,冷落的叹息,

飘满海夜了。

死沉沉的海上,

亮着一点火,

那就是我的信号,

启示的不是神秘,是凄凉。

1933 年 6 月

小婢女

她才认识了自己，

同时也认识了命运的铁脸，

是用了怎样的一股力量呵，

从十万匹马力贪玩的吸引里，

她严酷地牵回了

不满十个年头的心，

还有那条像株小树的身躯，

也不让它在游戏中滋长；

她紧张起生命的全力，

给白天、黑夜，一刻一刻的时间

深镌上辛苦的殷勤。

她真聪慧，

甚至聪慧得有点可怜了，

点化快乐的一双天真的眼睛，

现在却专用来测人的眉头了，

轻云样飘忽的孩子的笑，

淋漓无常的孩子的眼泪，

都不能从她腮边、眼中，

放情地舒卷与点滴了，

因为她什么都懂透了：

生活的意义，

卖身契上她的名字。

默默老挂在她嘴角上，

不，又将抱怨哪个呢？

上帝造成了人，

该是一种可以感谢的恩德吧？

妈妈的心更是慈悲的，

生了她，于今又活了她，

她自己呢？情愿被咀嚼在

万里外故乡灾荒的大口里。

这小生命将活得很长很长，

好用一颗连记忆上

也寻不到一点快活的心，

去测人生最深的悲哀。

1933 年夏

罪恶的黑手

一

在这都市的道旁，
划出一块大的空场，
在这空场的中心，
正在建一座大的教堂。

交横的木架比蛛网还密，
像用骷髅架起的天梯，
一万只手，几千颗心灵，
从白到黑在上面搏动。

这称得起是压倒全市的一件神工，
无妨用想象先给它绘个图形：
"四面高墙隔绝了人间的罪恶，
里边的空气是一片静寞，

一根草，一株树，甚至树上的鸟，
只是生在圣地里也觉得骄傲。

大门顶上竖一面大的十字架，
街上过路的人都走在它底下，
耶稣的圣像高高在千尺之上，
看来是怎样的伟大、慈祥！

他立在上帝与世人中间，
用无声的话传达主的教言：
　'奴隶们，什么都应该忍受，
饿死了也要低着头，
谁给你的左腮贴上耳光，
顶好连右腮也给送上，
忍辱原是至高的美德，
连心上也不许存一丝反抗！
人间的是非肉眼哪能看清？
死过之后主自有公平的判定。'

早晨的太阳先掠过这圣像，
从贵人的高楼再落到穷汉的屋上，
黄昏后，这四周严肃得叫人害怕，
神堂的影子像个魔鬼倒在地下。

早晨的钟声像个神咒，

（这钟声不同别处的钟声。）

牵来了一群杂色人等，

男女牧师们走在前面，

黑色的头巾佩着长衫，

微风吹着头巾飘荡，

仿佛罪恶在光天之下飞扬。

后面逐着些漂亮男子，

肥白的脸皮上挂着油丝，

脚步轻趋着，低声交语，

用心做了一脸肃穆。

还有一队女人缀在后边，

脂粉的香气散满了庭院，

一个用长臂挽着别个，

像一个花圈套个花圈。

阳光像是主的爱，照着这群人，

也照着他们脚下的石阶，

钟声一阵暴雨的急响，

送他们进了神圣的教堂。

中间有的是刚放下了屠刀，

手上还留着血的腥臭；

有的是因为失掉了爱情，

来到这儿求些安宁；

有的在现世享福还嫌不够，

为来世的荣华到此苦修；

有的是宇宙伤了他多情的心，

来对着耶稣慰藉心神；

有的用过来眼看破了人生，

来求心上刹那的真诚；

有的不是来为了求恕，

不过为追逐一个少女。

虽是这些心的颜色全然异样，

然而他们统统跪下了，朝着上方。

牧师登在台上像威权临着这群众，

用灵巧的嘴，

用灵巧的手势，

讲着教义像讲着真理。

他叫人好好管束自己，

不要叫心作了叛逆，

他怕这空说没有力量，

又引了成套惩劝的旧例。

每次饭碗还没触着口，

感谢的歌声先颤在咽喉，

晚上每在上床之前，
先用祈祷来作个检点，
这功课在各人心上刻了板，
他们做来却无限新鲜。"

二

然而这一切，一切未来的繁华，
与脸前这一群工人无干，
他们在一条辛苦的铁鞭下，
只忙着去赶契约上的期限。

有的在几千尺之上投下只黑影，
冒着可怕的一低头的晕眩。
石灰的白雾迷了人形，
泥巴给人涂一身黑点。
铁锤下的火花像彗星向人扫射，
风挟着木屑直往鼻眼里钻。

这里终天奏着狂暴的音乐：
人群的叫喊，轧轧的起重机，
你听，这是多么高亢的歌！
大锯在木桩上奏着提琴，
节奏的铁砧叩着拍子，

这群工人在这极度的狂乐里，

活动着，手应着心，也极度地兴奋。

有的把巧思运入一方石条的花纹，

有的持一块木片仔细地端详，

有的把手底的砖块飞上半空，

有的用罪恶的黑手捏成耶稣慈悲的模样。

这群人从早晨背起太阳，

一天的汗雨泄尽了力量；

平地上，一万幕灯火闪着黄昏，

灯光下喘息着累倒了的心。

他们用土语放浪地调笑，

杂一些低级的诙谐来解疲劳，

各人口中抽一缕长烟，

烟丝中杂着深味的乡谈，

那是家乡场园上用来消夏夜的，

永不嫌俗，一遍两遍，不怕一万遍，

于今在都市中他们也谈起来了，

谈起也想起了各人的家园。

他们一点也不明白为什么要盖这教堂，

却惊叹外洋人真是有钱，

同时也觉得说不出的感激，

有了这建筑他们才有了饭碗。

（虽然不像是为了吃饭才工作，

倒是像为了工作才吃饭。）

这大建筑把这大众从天边拉在一起，

陌生的全变成亲热的兄弟，

白天忙碌紧据在各人的心中，

没有闲暇去做思乡的梦，

黑夜的沉睡如同快活的死，

早晨醒来个奴隶的身子。

是什么造化，谁做的主，

生下他们来为了吃苦？

太阳的烤炙，风雨的浸淋，

铁色的身上生起片片的黑云，

机器的凶狞，铁石的压轧，

谁的体躯是金钢铸成？

家室的累赘，病魔的侵袭，

苦涩中模糊了无色的四季。

一阵头晕，或一点不小心，

坠下半空成一摊肉泥，

这真算不了什么稀奇，

生死文书上勾去个名字；

然而他们什么都不抱怨，

只希望这工程的日期延长到无限。

三

不过天下的事谁敢保定准？

今日的叛逆也许是昨日的忠心，

谁料定大海上哪霎起风暴？

万年的古井也说不定会涌起波涛！

等这群罪人饿瞎了眼睛，

认不出上帝也认不清真理，

狂烈的叫嚣如同沸水，

像地狱里奔出来一群魔鬼，

用蛮横的手撕碎了万年的积卷，

来一个无理性的反叛！

那时，这教堂会变成他们的食堂或是卧室，

他们创造了它终于为了自己。

那时这儿也有歌声，

不是神秘，不是耶稣的赞颂，

那是一种狂暴的嘻嚷，

太阳落到了罪人的头上。

1933 年 9 月 5 日全夜写强半，6 日完成于青岛

逃　荒

(报载：二百万难民忍痛出关，感成此篇)

几茎芦荻摇着大野，

秋的宇宙是这么寥廓，

在这样寥廓的碧落下，

却没寸地容我们立脚！

一条无形的鞭子扬在身后，

驱我们走上这同样的路，

心和心像打通了的河流，

冲向天涯，挟着怒吼！

不要回头再一望家乡，

它身上负满了炮火的创伤，

（这炮火卑污的气息叫人恶心，

也该感谢，它重生了我们。）

横暴的锋锐入骨的毒辣，

大好田园灾难当了家。

没法再想：春天半热的软土炙着脚心的痒痒，

牛背上驮着夕阳；

过了一阵夏天的雨，

跑去田野听禾稼刷刷地长；

秋场上的谷粒在残阳中闪着黄金，

荒郊里剩半截禾梗磨着秋响；

严冬的炕头最是温柔，

妻子们围着一盆黄粱。

这一些，这一些早成了昨夜的梦，

今日的故乡另是一个模样。

一步一个天涯，我们在探险，

脚底下陷了冰窟，说不定对面腾起青山。

我们没有同胞！上帝掌中的人们

不要在这些人身上浪费一声虚伪的嗟叹，

秋风倒有情，张起了尘帆，

一程又一程，远远地送着，

山海关的铁门一闭，

从此我们没了祖国！

1933 年 11 月 3 日

盘

刻着各色的梦，寂灭了，
向你映一下空虚的眼，
像一粒无根的砂石，
挂不住万古的悬岸。

一个跌不死的希望，
不倒翁似的永不怕累，
硬撑住你跌倒，跌倒
又爬起来的双腿。

日子过得没有骗人，
这你自己一定知道，
试试什么压住了心，
这么沉又这么牢靠。

总得抖一股劲朝前走，

像盘一座陡峭的山头，

爬过去就是平原，

心里无妨先存着个喜欢。

1933 年

问

谁肯乘这夜色正浓，冲开冷风，
爬上百尺谯楼撞一声警钟，
擎起一炷火把——
一道信号彻天的通红？

窒塞要爆炸人心的今日，
谁敢破嗓地高喊一声，
举一面火焰的大纛，挺起胸，
做一个敢死的先锋？

谁能用一支如椽大笔，
最毒辣最不容情，
使魔鬼在笔端下啾哭，
另指一条新路给人生？

前偶检旧箧，得诗一纸，下署 1926 年秋。彼时，余攻读于济南，张宗昌势焰正炽，压迫思想，摧残文化，凡新文学书籍，一概禁绝，余感窒息，乃有此诗。但技巧拙劣，不能成器，兹就原意，改作如斯，上距初稿，已逾八载，今重读一过，当年窒息之空气仿佛犹在胸中。

1934 年 1 月 9 日于青岛铁小

附记：这首《问》，发表于 1934 年 10 月出版的《文学评论》第 1 卷第 2 期上。我自己早已把它忘掉了，从未收入诗集。一个偶然机会买到了几本旧杂志，才发现了它。把张宗昌时代写的诗，修改发表于蒋介石反动统治时期，用意可想。在坚守原意前提之下，为了韵脚的统一，将第三节略为调整。

1978 年 10 月 27 日

壮士心

江庵的夜和着青灯残了，

壮士的梦正灿烂地开花，

枕着一卷兵书一支剑，

灯光开出了一头白发。

突然睁大了眼睛，战鼓在催他，

(深殿里木鱼一声又一声)

跨出门来，星斗恰似当年，

铁衣上响着塞北的朔风。

前面分明是万马奔腾，

他举起剑来嘶喊了一声，

从此不见壮士归来，

门前的江潮夜夜澎湃。

1934 年 1 月 11 日于青岛

自　白

我是平凡，心永远在泥土里开花，

再不去做那些荒唐的梦，

这世纪，魔鬼撕破了真理的面孔，

还给它捏造了无数的诡名，

思想，一条透明的南针，

永不回头，我朝着前进，

像一只大鹏掠过了苍空，

翅膀下透出来一串响声。

百炼的钢条铸成了我的骨头，

那么坚韧，又那么多的锋棱，

不受生活的贿赂去为它低头，

喧豗的大河是我的生命。

你相信风能撼摇铁的树头，

可是你更得相信我这个心！

(血肉可以给刀刃剁成烂泥，

然而骨子永远是我的！)

在这一片撒谎的日子里，

我给人间保留一丝天真，

我是热情，要用一勺沸水

去浇开宇宙的坚冰。

恐怖就让它是六月的淫雨，

我却能估得透它的寿命，

并不胆怯，你看脸前那一列人影，

（无数的心在我的心上跳动）

我将提起喉咙高歌正义，

不做画眉愿做只天鸡。

1934 年 1 月 14 日

答客问

我才从乡村里来，

这用不到我说一句话，

你只须望一望我的脸，

或向着我的衣襟嗅一下。

我很地道地知道那里的一切，

什么都知道，

像一个孩子知道母亲一样，

他清楚她身上的哪根汗毛长。

你要问什么？

问清明时节纷纷细雨中

长堤上那一行烟柳的濛濛？

还是夕阳下，春风里，

女颊映着桃花红？

问炎夏山涧沁出的清凉，

黄昏朦胧中蝙蝠傍着古寺飞翔？

还问什么？

问秋山的秀，

秋风里秋云的舒卷，

无边大野上残照的苍凉？

我知道你要问冬夜里那八遍鸡声，

一个老妪摇着纺车守一盏昏黄的小灯。

你要问这，这我全熟悉，

可是我要告诉你的是另外的一些事。

你听了不要惊惶，也无须叹气，

那显得你是多么无知。

我告诉你，乡村的庄稼人

现在正紧紧腰带挨着春深，

他们并不曾放松自家，

风里雨里把身子埋在坡下，

他们仍然撒种子到大地里，

可是已不似往常撒种也撒下希望，

单就叱牛的声音，

你就可以听出一个无劲的心！

他们工作，不再是唱呕呕地高兴，

解疲劳的烟缕上也冒不出轻松，

这可怪不得他们，一条身子逐着日月转，

到头来，三条肠子空着一条半！

八十老妪口中的故事，

已不是古代的英雄而是他们自己，

她说亲眼见过长毛作反，

可是这样的年头真头一回见！

凭着五谷换不出钱来，

不是闹兵就是闹水灾，

太阳一落就来了心惊，

头侧在枕上直听到五更，

饥荒像一阵暴烈的雨点，

打得人心抬不起头来，

头顶的天空一样是发青，

然而乡村却失掉了平静！

1934 年 3 月 22 日于相州

村 夜

太阳刚落，
大人用恐怖的故事
把孩子关进了被窝，
(那个小心正梦想着
外面朦胧的树影
和无边的明月)
再捻小了灯，
强撑住万斤的眼皮，
把心和耳朵连起，
机警地听狗的动静。

1934 年 3 月 22 日于诸城相州

生命的叫喊

高上去又跌下来，
这叫卖的呼声——
一支音标，沉浮着，
在测量这无底的五更。

深闺无眠的心，将把这
做成诗意的幽韵？
不，这是生命的叫喊，
一声一口血，喊碎了这夜心。

1934 年 4 月 5 日于相州

都市的春天

一只风筝缢死在电杆梢，
一个春的幌子在半空招摇，
这里没有一条红，一条绿，
做一道清线记春的来去。

东风在臭水上扬起了波澜，
穷孩子在里边戏弄着春天，
遍体不缀一点布块，
从天上掉下来一身自在。

工人们摔掉了开花的棉袄，
阳光钻入了铁的胸膛，
他们有力地伸一伸双臂，
全体的生机顺着风长。

高楼上的人应该更懒，

一个梦远到天边：

深巷里一声卖花，

一双蝴蝶飞过南园。

1934 年 4 月 28 日

场园上的夏晚

我永不忘记太平年代的夏晚，
夏晚乡村里那恋人的场园。
蝙蝠翅膀下闪出了黄昏，
蛛网上斜挂着一眼热闷，
推开饭碗，擦一把臭汗，
大人孩子提一领蓑衣跑去了场园。
场园上没有不快的墙垣，
风从禾稼声中吹来，全无遮拦，
像四面的清流泄下了山岩，
各人拣好一块地方，
坐卧那全凭自己的心愿，
先来后到的一阵乱打招呼，
（从脚步上认，全用不到看脸）
时间候到了最后的一人，
一轮满月正挂在东天。
树影在这群人身上乱扫，
扫净了一切，只一缕看不见的香烟

氤氲在人和人中间。

大人的脸对着天空，

心里念着一些星名，

他们用星决定未来，

银河弦上系着命运，

一颗彗星偶然扫过，

给他们添了一份担心！

小孩子强支住恐惧，闭着眼，

(黑影里没法看那张脸！)

用拔不出来的耳朵听红毛的鬼怪

从大人口里慢慢地跳出来，

直等到妈妈隔墙遥呼，

(呼声里带着亲爱的骂辞)

才哀求大人送他们家去，

眼缝里闪来了远处的鬼火，

拼命地掔紧大人的衣角，

夜里来一场心跳的梦，

一个红毛鬼打一个灯笼。

夜在场园上飞，人却不知觉，

不知觉地淡尽了天上的星月，

阳光钻开了隔夜的眼睛，

爬起来，只觉得一身露重。

1934 年 7 月 5 日

村夜恐怖不敢眠，对闷热的灯火成此。

秋

我想，一定有人衔一支烟，
从纸窗缝里望着雨中的庭院，
凄清的雨丝洒下了半空，
人的愁丝和雨丝搅成一团。

也一定有人向傍晚的红日，
念起千里外故乡的云烟，
或者拖一只冷冷的影子，
向大野里去找谢了的童年。

可有人认识眼前的秋天？
它在穷人的脸上是多么鲜艳！
凄清到处流溢着夜哭，
夜，静静地又把哭声咽住！

荒郊上，凉风吹出了白骨一片，

谁会想到：

鸭绿江上的秋色

已度不过山海关！

1934 年 10 月 2 日

拾花女

慢慢儿西天边黑了残霞，

冥色中万物失掉了自家，

冷风吹浓秋的凄凉，

吹散了一坡拾花①的姑娘。

①指拾棉花。

双腿上支着一天的疲劳，

背上的花包弓了她的腰，

低着头，无心听脚步的声响，

一条小道在眼前发着白光。

头顶上叫着投林的暮鸦，

路是熟的，它会引人到家，

"小弟弟不会迎在村外？

替妈妈想：小妮子到这也不知道回来！"

1934 年 11 月于临清中学

卖孩子

给你找了个享福的地方，
好孩子，跟着这位大爷去，
管保你不再饿得叫亲娘，
还可穿上暖和的衣裳。

做事要勤力，要听话，
留心人家呼你的名字，
可不能再娇娇娜娜，
像在娘手里那么地。

夜里不准想娘起来啼哭，
为娘的还有什么可想的？
冷了给你做不上衣服，
饿了没什么给你充饥！

扯扯拉拉的这么绵缠,

看样子好话说不走你!

去!给我赶快收起眼泪,

娘的巴掌是无情的!

1934 年 12 月 1 日

夜

夜的黑手摘去了天灯，

天上全不留一颗星星，

顶天立地的一条身影，

充塞得宇宙不透一点明。

脸前听到的，

是死灰的冷静，

（听不到的呐喊响在人心胸）

黑影掩住了血的鲜红，

然而黑影掩不住血腥！

有谁会忧怀着夜的永生？

那他是不明白造化的神明，

你看什么都在咬紧牙根久等，

久等雄鸡喔喔的一声。

1935 年

运　河

我立脚在这古城的一列废堞上，

打量着绀黄的你这一段腰身，

夕阳这时候来得正好，

用一万只柔手揽住了波心。

在这里我再没法按住惊奇，

古怪的疑问绞得我心痴！

是谁的手辟开了洪蒙，

把日月星辰点亮在长空？

是怎样的一个嬴姓的皇帝，

一口气吹起了万里长城？

天女拔一根金钗，

顺手画成了天河；

端阳的五丝沾了雨水，

会变一条神龙兴波，

这是天上的事，谁也不敢说，

我曾用了天上的耳朵听过。

怪的是，杨广一个泥土的人，

怎样神心一闪，

闪出了

这人间一道天河！

你告诉我，当年四方多少苦力，

给一道命运捆在了一起，

放着镰刀在家里锈住了白光，

无边乱草荒漫了田地，

寒天里妻子没处寄征衣，

一个家分挂在天的两极。

孩提学话只喔哦着妈妈，

人间成了个无父的天地！

天上的鸟鹊一年忙一个七夕，

这地上的工程是没头的日子！

晴天里铁锹闪起了电火，

一串殷雷爆响在心窝。

硬铁磨薄了手掌，

磨白了头发，

磨亮了眼睛

也望不到家。

累死了的，随着土雨填入了长堤，

活着的，夜夜梦见土坑陷落了三尺！

毒恨的眼泪，两地的哀号，

终于兴起了万里波涛。

波涛老是挟着浊黄，

是当年的冤愤至今未消？

两道大堤使你晃不开双肩，

然而星星也没法测你的高深。

像一条吟龙

窜过了两个世界，

头枕着江南四季的芳春，

尾摆着燕地冰天的风云。

听说你载着乾隆下过江南，

一阵小雨造下了不死的流传，

你看背后夕阳的颜色正红，

贴在"沙邱古渡"的歇马亭①。

几只白鱼傍着龙舟打了个挺，

一座龙王庙腾起了半空，

这地方，水势至今打着旋花，

一个铁窗户像一只死眼，

瞪得舟子捧着心怕！

我知道，人间的苏杭，

你驮过红心的天子曾去沉醉，

仿佛八骏驮着古帝王

去西天的瑶池会王母一样。

南国的荔枝带着绿叶，

一阵轻风吹到了宫掖，

得宠的御女满口香甜，

谁说天涯不就在眼前！

江干的玉女流入了宫廷，

四壁黄墙已非人境，

竭尽了海内所有的珍奇，

装成一个花枝的身子。

你也一定运过连船的天兵四方去远征，

金甲耀得河水发明，

回头来连船虽是减了长度，

然而船面上却添了凯旋的歌声！

我想，如果你也有一张口，

肚子里的话会绷断喉头，

城圈揽住你

又放开你，

一里一外的岁月

谁能计算清？

长毛大杀水旱十三门，

人头在河里滚，

万人冢上的草色至今还发红①！

一道城垣向三十里外展开，

于今只留些残破给夕阳徘徊，

河岸上见不到诗人的遗迹，

有一座荒碑告诉他的故里②。

你的呼吸把一切吹空，

你却健在着做一切的证明。

①长毛之乱，临清城被洗，死尸遍野，丛葬而成万人冢，至今冢边草作红色。

②河东岸有"谢茂秦故里"石碑。谢茂秦名榛，是明朝诗人。

我眼前河面上桅杆一林，

破帆上带着风雨，带着惊心，

我常见一条绳索

串着岸上的一个人群，

一齐向后蹬开岸崖，

口里挤出了声声欸乃，

一声欸乃落一千滴汗，

船身似乎不愿意动弹，

一个肉肩抵一支篙，像在决负胜，

船载多重生活的分量多重！

黑夜里空中失了星斗，

一点灯火牵着船走，

黄昏的雨，凉宵的风，

风雨也阻不住预定的途程，

来往的风帆这样飘着日夜，

我看见舟子的脸上老拨不开愁容！

运河，你这个一身风霜的老人，

盛衰在你眼底像一阵风，

你知道天阴，知道天晴，

天人的豪华，

奴隶的辛苦你更是分明，

在这黄昏侵临的时候，

立在这废堞上

容我问你一句，

我问你：

明天早晨是哪向的风？

1935 年 1 月 31 日于山东临清

我们是青年

头顶三尺火 , 仰起脸

一口可以吞下青天,

一双眼锐利地

专在人生的道上探险,

三句话投不着心,

便捏起了拳头,

活力在周身跳动着响,

真恨地上少生了个环!

叫世故磨光了头皮的人们笑吧,

我们全不管,

秋后的枯草

也配来嘲笑春天?

黑暗的云头最先在我们心上抽鞭,

红热的心是一支火箭!

宇宙在当前是错扣了的连环,

我们要解开它，

照着正直的墨线

重新另安！

擎起地球来使它翻个身，

提起黄河来叫它倒转，

相信自己的力量吧，

我们是青年！

1935 年 2 月

古城的春天

眼前挂上了昏黄的风圈，
沙石的冕旒晃得人发眩，
纵然残堞偷来了绿色，
三尺以内望不到春天。

丛丛的荒冢
是朵朵的黄花，
簪在了这古城
霜白的鬓边。

城根下的古槐空透了心，
用一枝绿手，招醒了城下的土人，
走出门来望一望钢板的地，
空叹声："一犁春雨一犁金。"

1935 年 3 月 26 日于临清

拉　锯

两双大手拉着六月天，
受伤的木身白血飞迸，
铁锯齿这一条长长的火镰，
从眼睛上碰出了火星。

四方竹笠上压下了太阳，
两个大影子晃动在地上，
生命的黑流打着滚落——
背上决了千万道江河。

1935 年 7 月 24 日

中原的胳膊

你可曾看见过
十年的老关东回到家门，
一个神秘的包袱，
打动了无数的人心？

"还乡的关东客下了贼店，"
你也该听过这样的故事，
"他的财贝，
杀了他的身子。"

你也少不了这般的邻人，
乡井对他们失了温馨，
背着债主，躲开人的眼睛，
半夜里"起黑票"全家闯关东。

一辆独轮小车

载着土的人，土的破烂，

袅起来一道尘烟，

吱呦呦旱地里行船。

关东，可不像

什么"西出阳关无故人"，

关东是伸出去的一只胳膊，

它和中原关连着痛痒。

一出了"天下第一关"，

人，顿然大了胆，

半空里降下了

护生的伞。

关东是上帝给中华民族

预备的宝库，

三分劳力，

给你七分酬劳的东西。

夏天的大野是一片绿海，

管许你一眼望不到边际，

你眼里看着心下会发愁，

得多少人才吃完这一季粮食！

秋郊上，

金风像猛虎到处扑人，

你瞧，天地都吓变了色，

生命也仿佛扎不住根！

路径空虚得像失恋的心，

渴望脚步来踏上串声音，

村庄和村庄像不世的仇敌，

一个一个躲得远远的，

里面的人却恰翻了个"个儿"，

见个生客心直喷热气。

冷冬的景色

也真别致，

无情的"烟炮"①

造成个有情的回忆，

人把身子裹在一张皮里，

留两个小洞关照着脸前的咫尺。

①严冬，雪落不能融，随风乱扬，造成烟幕，人当之，如同利刃。

万年的森林

展开了绿的沙漠，

要想用脚印穿透这神秘，

你得看青色的叶子片片黄落。

这儿有绿水，也有青山，

山水却不能只当图画看。

山峦里啸着生风的虎，

多嘴的狒子学着人声，

有猩猩的群，

有大队的熊，

也有美翎的鸟儿

等着人起名。

成形的"参孩子"

点化作声，

灵芝和起乱草杂生。

这一些，这一些在等候一个福人，

当他到山里去找命运。

江心的木料

练起了战船，

没腿

却能走到天边，

摩天的高楼给浮云做家，

是它撑起了都市的荣华。

绿水不是只会绕白山，

它叫河里闪着黄金，

引来串人点缀河岸，

它叫白沙去磨细人心。

关东的风情我也摸一点，

大姑娘拖一支长的烟袋，

关外的窗户纸是糊在外，

养个孩子倒吊起来①。

①关东有三怪：窗户纸糊在外；大姑娘拖一支长烟袋；养个孩子吊起来。

你还有兴听，我却收了口，

你知道我的心正在悲伤，

悲伤中原一身是血，

生生地被割去了这一条胳膊！

1935 年 10 月 6 日于临清

依旧是春天

—— 感时

什么也没有过的一样。

一万条太阳的金辐

撑起了一把天蓝伞,

懒又静地

笼上了人间的春天。

什么也没有过的一样。

看春水那份柔情,

柳条撒开了长鞭,

东风留下了燕子的歌,

碧草依旧直绿到塞边。

1936 年 4 月 20 日于临清

喇叭的喉咙

——吊鲁迅先生

让我对你免去一些

腐烂的比拟，那太空洞，

你是个"人"，有血有肉，

有一条透亮的思想络住心胸，

你是大勇，你敢用

铁头颅去硬碰人生！

潮流的急湍

漩倒了多少精英，

像流沙被卷上了滩，

活尸里摔死了魂灵；

你是一尊孤岛崛立在中流，

永远清苦地披一身时代的风。

你呐喊，用喇叭的喉咙，

给彷徨的人心吹上奋勇，

你拿笔杆当匕首用：

用它去剥出黑暗的核心，

用它去划清友敌的界线，

用它去剜断黑暗的老根！

死的手在你胸口上压一座泰山，

死的消息怔住了一刻的时间，

一刻过后，才听见了哭声，

暗笑的也有，

笑由他，哭也是无用，

死的是肉体，

你的精神已向大众心底去投生！

1936 年 11 月 4 日灯下

我们要抗战

战争是可怕的吗？

否！四万万人都眼巴着它，

一心欢喜，

欢迎着战争——

我们翻身的日子！

在和平女神的笑靥下，

我们脸上涂了一寸厚的耻辱！

为了和平，

我们绷紧的心弦，

几次地松了又松！

让大好的关山，

让肥沃的土地，

逐着后退的脚跟

陷落到敌人的手里。

东北几千万同胞，

从此被祖国推开了怀抱，

都成了可怜的孤子

撇到毒狠的继母的手底！

谁曾听到他们暗夜的哭泣？

谁曾看到他们被残害的血迹？

还有他们的呻吟

怨嗟和痛恨？

他们的心像鲜亮的小旗

向祖国遥摆，

没人应答；中原正躺在血的泊里。

东北、热河，中原御寒的外衣，

被凶恶的刀尖挑去，全不费力；

拔去了长城的篱笆，

敌人向中原撒开了马蹄。

层层剥蕉，

刀尖刺入了中华的心腑，

高抬着头，拿我们当猪宰，

眼中竟无一个中华男儿！

北平，中华文化的结晶体，

五百年坐镇北边，

一线驼铃串起漠北，

水旱大道的脉络向四方密散，

而今，敌机成队

在它的头顶怪叫，

再加上炮火开花，

毒气播送着云烟。

什么都准备个停当：

巨舰的链子锁住海口，

军队的棋子

安放到恰好的地方，

准备好了一切，

势焰吹成了气泡，

然后向我们就天要价，

要我们燕赵之地

和东北结成苦难的兄弟。

迫我们走窄道，

入死窟窿，

他好得意地笑着

又把一块肥肉塞入了口中。

干柴上点火，

（中华的人心是待燃的干柴）

敌人把我们推入了战争。

我们再不空口讲正义，

正义永远握在强者的手里，

我们要用枪炮的毒口去碰毒口，

我们要用鲜血去涂成"真理"的名字！

我们要用八万万只手

去割开敌人的心头的毒疮，

不让它再向外溃化，

我们要用四万万条身子，

筑一道防卫祖国的围墙！

活，要立起身子来带响地活，

死后尸体也要交横在一起！

我们爱和平，

然而今天我们却欢迎战争！

谁不喜欢乡村的静景？

谁不爱自己温暖的家庭？

春天，绿树张伞到处迎人，

绿水绕起青山，

一片平原像贞静的处女，

专等农夫来撒下种子；

长夏，树荫下一晌午觉，

孩子们闲看蚂蚁上树，

一群苍蝇逗着黄牛，

它一劲乱摇尾巴的刷子；

秋日的峰头挂起白云，

冬天炕头上那点温存，

是美，是静，是一潭深水，

我们的家，我们的乡村！

我们的都会何尝是平凡？

谁个不知道，济南潇洒似江南？

武汉三镇在历史的叶子上响，

金陵永远在人心里放着金光，

天府的四川，成都的故事谁不知道？

长沙岳阳叫人起多少神秘的幻想！

沪渎的楼台是一天可以造成？

古长安至今还巍立着

黄帝的坟茔！

我们的乡村呵，美的化身，

决不让她任人奸淫！

古井的辘轳边决不让敌人来饮马！

决不让敌人的脚尖

踏着祖宗的坟头

把我们的河山当画图看！

我们的热炕头

不能让敌人躺在上面打鼾！

不能让妻子的手臂，

套上异种人的手腕！

不能让新的市场，历史上的都会，

打上倭奴耻辱的脚印！

不让，决不让！

除非我们全体都死亡！

我们的日子像一局棋，

敌人一手来把它搅乱，

若不斩断那只毒手，

我们的生命不会安全！

学者们呵！

把身子移开那一堆故纸吧！

而今的真理已不在故纸上！

诗人们呵！

请放开你们的喉咙，

除了高唱战歌，

你们的诗句将哑然无声！

围在"阿堵物"间的人们呵！

请大量地输出你的金元，

祖国如沦亡，

金钱还不像把土一样！

对对的情侣们呵！

请放开你们爱人的胳膊。

战神正唱着恋曲，

去，快去贴紧她的胸膛！

工人、农民呵，

快伸开粗大的手吧，

祖国正用着你们！

中华的好男儿，有口都狂喊

敌人的罪恶吧！

中华的好男儿！

我们要下上所有的生命

和敌人赌这次最后的输赢！

1937 年 7 月 29 日午

从军行

——送琪弟入游击队

今夜，灯光格外亲人，

我们对着它说话，

对着它发呆，

它把我们的影子列成了一排。

为什么你低垂了头，

是在抽回忆的丝？

在咀嚼妈妈的话，

当离家的前夕？

忽然你眉头上叠起了皱纹，

一条皱纹划一道长恨！

我知道，你在恨敌人的手

撕碎了故乡田园的图画，

你在恨敌人的手

拆散了我们温暖的家。

大时代的弓弦

正等待年轻的臂力，

今夜，有灯火作证，

为祖国你许下了这条身子。

明天，灰色的戎装，

会装扮得你更英爽，

你的铁肩头

将压上一支钢枪。

今后，

不用愁用武无地，

敌人到处，

便是你的战场。

1937 年 12 月 11 日

别长安

长安城，
多少年
你呼唤我，
用一缕缥缈的呼声。

长安城，
你坐镇西北的伟大神灵！
在想象里你古老，
哪知道你和我一样年轻。

天上的黄河
引来右手
做你护身的天堑，
压一座潼关
在风陵渡头，
只须一夫去把守。

陇海路——

你铁的动脉，

从东海注来，

向西北流走。

（像是中原伸出的胳膊，

去和绿西亚亲密地握手。）

挺立在身后

西岳华山，

像一个精灵

听候着你的呼唤。

陕北，

你身旁最神秘的部分，

太阳挂在它的头上，

黑暗在那里扎不住根。

长安城，

相对八天

便向你伸出告别的手，

太匆匆！

没有诗意

去寻太白的醉卧处；

没有幽情

去访贞妇的寒窑，

和挂满了别绪的古灞桥。

黄帝的墓陵

该有参天的松柏，

我没有去参拜，

留一个神圣的影子在心中。

长安城，

你问我匆匆何处去？

我要去从军，到铜山，

因为那里最接近敌人。

1938 年 1 月 2 日

换上了戎装

脱掉长衫，
换上了戎装，
我的生命
另变了一个模样。

穿起同样的戎装，
手握一支枪，
在"一九二七"的大潮流中，
做过猛烈的激荡。

从什么时候起，
我被握在平凡的掌心，
生活的钝刀
锯断了我十个年头的青春。

鱼龙困在涸辙中，

你可以想，

它是怎样渴望

壮阔的涛浪

把它带到

浩瀚的大洋！

我不能再不动，

四面一片时代的呼声！

敌人的炮火

粉碎了我们的河山，

也粉碎了我们身上的铐镣，

叫起了我们那四万万五千万。

我没有拜伦的彩笔，

我没有裴多斐的喉咙，

为了民族解放的战争，

我却有着同样的热情。

我甘愿掷上这条身子，

掷上一切，

去赢最后胜利的

那一份光荣。

1938 年 1 月 16 日

伟大的交响

我永远不能遗忘，

不能遗忘，

当我们的列车

停留在

郑州站东

不远的一个地方。

黄昏已撒下朦胧的黑网，

大地上一片冷的雪光。

哪儿飞来的歌声

碰得我们的耳鼓微响？

那声音叫玻璃窗缝

挤得低弱而渺茫。

我们的男女歌手

听了歌声喉咙便发痒，

我们飞步出了车厢，

两条腿像一双翅膀。

我们把紧铁栏

身子探出老长，

听出了

那是救亡的歌，

清脆，激昂，

公安局门口

一群孩子在唱。

他们的小嘴

叫开了一个个车窗，

歌声

像火把，

燃烧着

每个听众的胸膛。

一列头颅探出了窗外，

一千张大嘴一闭一张。

救亡的洪流

撼摇得地动，

救亡的洪流

激荡得人心痛，

救亡的洪流

温暖了三九的严冬。

你一个电筒，

我一个电筒，

给公安局门前的黑影

穿上了无数光明的窟窿。

我们招手，

我们呼喊，

歌声把孩子们

拖到了我们的跟前。

他们不停地唱，

我们不停地唱，

旁观的老幼

不再彷徨，

过路的人们

也停下步子放开了粗腔。

救亡的情感像沸水，

使大家全都变成了疯狂！

这声音比敌人的炸弹更响，

这声音像爆裂的火山一样，

这救亡的歌声将响彻全国，

挂在每个中国人的嘴上。

谁敢说堂堂的中华会灭亡？

盲目才辨不清前面的明光，

倭奴的寿命不会久长，

请看看脸前这伟大的力量！

我们唱《松花江上》，

多少人想起了自己

已经失去了的

美丽的故乡。

我们唱《大刀进行曲》，

"冲呵，冲呵，"连珠几响，

仿佛敌人的头颅

落在我们脸前的地上！

我们唱《义勇军进行曲》，

我们自己也变成了一员战将。

指挥者的手势

像激流中的双桨，

大家口中的音流

是狂风暴雨的合奏。

我们唱，

大家一个口，

一个心，

一个声响。

我们唱，

悲壮的热泪

冲出了眼眶。

我们唱，

电筒像我们的舌头

舐在每个孩子的脸上。

他们的脸

笼着汗雾，

他们的脸

放射出兴奋的红光。

他们的血

为祖国在澎湃，

从他们的脸上

可以去辨认黄帝的模样。

他们更走近了一步，

近到这样，

我们的手

可以抚到他们的头上。

"我们的爸爸是工人，

我们的学校属豫丰纱厂，

先生，请开好你们的住处，

几时来约我们打鬼子去？"

"打倒日本帝国主义！"

一个孩子鼓粗了脖子狂喊，

"打倒日本帝国主义！"

大家的反响霹雳震天！

列车动了，

拖着一厢救亡的热情，

孩子们逐着车赶，

小手举向天空。

列车的快步

丢下了我们的孩子，

只听见他们的歌声，

追着我们的歌声——

一团火的救亡热情，

追一团火的救亡热情。

1938 年 1 月 22 日于信阳军次

鞭梢上的人们

二月天杨柳撒开了绿鞭，
鞭梢上挂搭着一串脊梁，
饥火销尽了一身的骨肉，
看来是那么没有分量。

柳梢一阵刷刷的响，
像蚕堆里撒一把嫩桑，
饿荒了树叶也可以当饭，
把一个青春剥成了冬天！

饥火销尽了骨肉，
青春剥成了冬天，
这反常的变态，
怎不令人心寒悽哀！

1938 年

血的春天

东风曳我登上城垣，

阳光把棉的戎装孕满，

死水上亮着一万只金眼，

柳条又给牵来了春天。

春光在逗人——

春光里我却感不到温暖，

我向无际的原野骋目，

到处是烽火，到处是狼烟。

谁有心去看纸鸢比高？

谁有心去看野马奔跑？

伤怀的记忆不让它抬头，

我的心在听候着战神的呼唤！

在北国，

在中原，

敌人脚踏的地方

已经没有了春天！

泰岱锁起了眉峰，

大河板起了黄脸，

一把复仇的火苗

追起东风，

燃烧在原野，

燃烧在黄帝子孙的心间。

在我们的故乡，

往年这日子，

绿草正着意

去绣大地，

柳眼替我们

看守着村庄，

庄稼人都牵着老牛

在田野里忙。

滴一滴汗到泥土里，

大地是我们的母亲！

(五千年的历史便是证人)

饮着她的乳浆，

靠着她的胸膛，

一代一代的子孙，

延续到无疆。

而今，催耕鸟

到处叫喊，

在我们的故乡呵，

已经没有人走向田间。

他们在流亡，

他们在离散，

凌辱与死亡

已和他们结成了侣伴。

铁鸟是春天的燕子，

炮声是二月的雷鸣，

敌人一手

把青春翻做严冬。

我们要用炮火

夺回温暖的春天！

不能叫大地的母体

碎尸万段！

我们的血战

已展开在北国，

在南天，

在长城外，

在长白山前。

一阵阵腥风，

一声声嘶喊，

在战争中

抖颤着一个血的春天！

抗战！抗战！

将敌人的脚跟，

从我们的国土上斩断，

那时候，我们携手踏回故园，

看一看鲜血染红的春花，

看一看门前的青山，

洒一把泪——

是辛酸也是喜欢。

那时候的春风

将多么畅快，

从中原的地面

吹向关东，

吹向塞外，

无半点遮拦。

1938 年 3 月 2 日

别潢川

——赠青年战友们

去了，我驮起

悲壮的感情，

它过重的分量

压得我心痛。

临去我回头望一望"沙河"，

水浪曳动轻舟，

三五匹战马

在饮着清流。

河水它会永远记得，

记得我投给它的眼波，

记得救亡歌声

给它的激动。

白金粒的沙滩，

像一个静的梦境，

上面印着我们的脚迹

和武装的身影。

残破的城垣，

多少次我登在上面，

一片原野引我的心

到战场，

到故乡，

到遥远遥远我所系念的地方。

我的感情染上了鹅黄的柳条，

染上了萌动的小草，

同着春色

染遍了无际的青郊。

五千年轻人

失去了家园，

五千个胸膛里

挂一副铁的肝胆。

为了祖国，

把生活浸在苦辛中，

为了抗战，

甘愿把身子供作牺牲。

女的是姊妹，

男的是弟兄，

立脚在一条战线上，

我们一点也不陌生。

我要去了，

到漠漠的西北去看风沙，

去认识一个新的世界，

使自己的生命重新萌芽。

也许会到战场上去

面对着血肉的现实，

叫自己的心

受炮火的洗礼。

战神一手

把人间的关系搅乱，

待将来，

再给它一个新的安排。

赠别不须眼泪，

我们都还年轻，

一齐挺起腰来

去拉大时代的纤绳。

将来再碰到时，

用欢喜的泪

去庆祖国的新生，

无妨用长长的话头

细数个人

那一段苦斗的历程。

1938 年 3 月底于潢川

武汉，我重见到你

十年流光，

我揭过去

一张空白纸，

满地烽烟，

今天，

我重来见你。

不须登上黄鹤楼

去作人事的沧桑感，

不须对着江上的浮云

叹乌狗的变幻。

我重来，

不是为了好风光：

暮春三月的江南天，

  "杂花生树，

莺飞草长。"

在故都，

我亲眼看过卢沟桥的烽火,

一千个险关

我亲身渡过,

到铜山,到西安,

流亡中

我看过了多少悲剧的扮演。

终于我穿上了戎装,

参加了抗战,

把微力做一个浪花

去推波助澜。

武汉,

你中华新生的萌芽点,

辛亥革命,

北伐成功,

你的名字

永远是光荣。

这次从前方来,

我怀着一个梦,

你比"一九二七"

一定更健雄,

更伟大,

更兴奋,

更年轻。

然而,再好的梦

也搁不起事实的一击，

我伤心又愤怒，

对着眼前这一堆影子。

密挤的高楼

填满了当年的空地，

柏油漆亮了石子路，

流线型汽车在上面疾驰。

从人们的脸上

我找不出紧张，

熙熙攘攘，

一片太平的景象。

舞场的灯红，

(前线上有战士的血腥 !)

夜半的歌声，

(前线上嘶喊着冲锋 !)

酒楼茶社里

热烈欢腾，

(多少地方沸腾着救亡的热情 !)

逐着声，

逐着色，

逐着享乐的梦，

糜烂在残蚀着有用的生命 !

又有多少人

把你的胸膛

暂作了避难的屏障，

烽火闪到跟前，

他们便撇开你

另去寻世外的桃源。

武汉，

抖一抖身子站起来，

抖去一身的腐臭和颓靡，

"一九二七"的壮烈，

你还该清楚地记得。

高举你的大手，

招起广大的人民大众，

放开你的喉咙，

唤起救亡的热情，

大时代的洪流

已荡近了你，

起来，

给祖国再造一个新生！

1938 年 4 月 1 日

兵车向前方开

耕破黑夜，

又驰去白日，

赴敌几千里外，

挟一天风沙，

兵车向前方开。

兵车向前方开。

炮口在笑，

壮士在高歌，

风萧萧，

鬓影在风里飘。

1938 年 4 月 23 日于赴汉口车中

匕首颂

——赠鲁夫

匕首一柄，

三寸长，

铁的鞘子

涵着冷光。

你抚摩着它发笑，

像抚摩着自己的心爱，

它是一个雄心，

在沉默中等待。

你枕着它睡，

枕着它做梦，

梦里的天空，

掣起来一道长虹。

123

它在饥饿中哭泣，

它需要红的血水，

它要试一下自己的锋锐，

当敌人在五步以内。

1938 年 8 月于商城

战争在等候着你

——献给病中的故人王莼

小医院的茅檐下，
两页门板托着你，
从战地转来，伴着病，
髭须挤小了你的脸子。

长途磨穿了鞋底，
米饭和起白水吃，
不会有埋怨吧？
在这苦难的时代里。

向十年的故人，
伸出了你的干柴手，
一双手臂，
把热流注满两个身体。

把耳朵里牵着的炮声，

换上几句知心话，

话是那么淡，

味却无限的悠远。

斗争唤回了我们的青春，

心头跳动着一股力；

但是，面对着我，

像不像对着你的过去？

病中的时日是长的，

看秋风摇落了黄叶，

你的遥思

会不会也随秋风飘起？

焚去你的旧诗稿，

（上面有斑斑的泪滴）

收拾起你的五彩笔，

（笔端泄过你多少巧思）

理想的天国，

不在云霞烟雾里。

向战壕里放眼，

向难民群里着笔，

超出你的诗思画意，

这惊人的血肉现实。

飞机频来逗你的愤怒，

炮声使你不安枕席，

为国珍重吧，

战争在等候着你。

1938 年

大别山

一脚踏进大别山，
远近岗峦的锯齿，
把一面青天
锯裂得破烂不堪，
眼光投出去，
山头又给碰回来，
使人追念起
一眼横扫千里的平川。
日月从石头上出没，
天地把人心挤得放不宽，
青峰随意乱排起阵势，
峭壁要耸耸身子飞上天。
水色不让山光姣好，
把媚眼的瀑布挂在山腰，
流泉到处卖弄清响，
把石子冲洗得光滑剔亮。

豺狼雄踞在当路，

公然怒目向着客子，

它号叫带着骄傲，

人的发尖根根竖起。

千百种颜色的花草，

向你的眼睛争宠，

你却叫不出

它们的名，

翡翠有意

显她的美丽，

天鹅守着清流

在作超逸的幽思。

风前听松涛，

看眉月山间照，

拿破仑的雄心，

这时也会作片刻的动摇。

暗夜星光下，

峰头像鬼怪扑来，

湍流助着它的声势，

使你的灵魂无法不战栗。

山里的人民

像顽石，

顶起生活——

一个坚苦的壳子，

青石的篱笆

高不可拔，

把外面的世界，

远远地推拒开。

山涧的清流

人肠化作铁血，

山岩让出的土条

人们赖着生活，

用斧头，

用钢刀，

结队成群，

到山林里去采樵，

一条扁担压上肩，

真个是"山松野草带花挑"。

肩上揉去了皮，

带油的松枝烧别人的锅底，

一天的劳力，

填不满一天的肚皮。

白云给群山披纱，

树梢上落满了残照，

暴雨在空谷激响，

大雪吞没了山腰。

这景色，

只可以去沉醉诗人，

在他们心间

已唤不起清新。

死守着祖宗的法则，

生活放不出辉光，

时光一年一年流走，

他们一丝也不叫它走样。

然而，时代的洪流

在作无情的冲击，

它不许人间有世外桃源。

十年前，一道红光

刺开了久闭的双眼，

一个霹雳，

心地豁然裂宽！

大别山

成了革命的圣地，

大别山里的人民

成了勇敢的革命战士。

今天，祖国立在生死的边缘，

大敌正当前！

他的血手

到处乱摸，

他的血手

已经插入了大别山。

这静的圣境，

这山的画图，

从此溅上了

血的腥污，

听

清流在鸣咽！

林木在哀号！

人民在怒吼！

怒吼着——

拿起土枪，

拿起砍柴的刀，

像把守关口，

他们把守着狭道。

黑夜伴着他们

向敌人进击，

山峦扩大着

枪子的声势，

敌人一步一个陷阱，

这里的一切，人民都熟悉。

神出鬼没，

山头浮云一样的飘忽，

他们是游击的铁兵，

不是"扰人清梦的蝇子"①。

① 敌人诬我游击队语。

看你有多少人来填死缝？

胜利才能把仇恨消净，

大别山的石永不会烂，

看看谁能够熬得时间。

1938 年 8 月于商城写起

1939 年 4 月于樊城完成

铁的行列

一个铁的行列。

阵容堂堂，

整个的大洪山都在震动，

脚步踏在岗峦的脊背上。

乌青的钢盔，

太阳射上金光，

手榴弹在胸前，

枪在肩头上，

一张脸子

是一个无声的殷雷，

昂首直向前方，

仿佛胜利已经在望。

山头上，

我们的大炮

在咆哮，

（战神的心跳）

山头上，

我们的机枪

在欢笑，

（正义的呼啸）

我们这铁的行列，

我们这神圣的哀军，

挟起磅礴的正气，

带着崇敬的人心，

像卷地的狂飙，

向敌人横扫。

1939 年 12 月于老河口

国旗飘在鸦雀尖

二寸照片
留下了一角大别山，
留下了大别山的顶峰——
挺秀的鸦雀尖。
三个人影簇拥在山巅，
一张地图牵着六只眼，
身边的草木在风前低头，
一面国旗飘起了青天。
树影笼着十个士兵，
深草吞没了半截腿胫，
刺刀冷亮，钢盔乌青，
瞪着一双双决死的眼睛。
这一张平凡的照片，
包藏的故事可不平凡，
追溯这个故事的诞生，
要把时光倒流上两年。

那时候，正在保卫大武汉，

那时候，正血战在大别山，

那时候，这一支常胜的铁军

奉命把守这天险——鸦雀尖。

他们战过台儿庄，

他们战过娘子关，

他们战过琉璃河，

于今又来战大别山。

鸦雀尖镇着商麻公路，

鸦雀尖镇着武汉外围的门户，

正可以作个尺子，用它的高，

去量它在军事上的重要。

这一师：两个旅，三个团，

用机枪，用大炮，

用血肉，用勇敢，

作了它铁的防卫线。

在敌人的炮弹下，

斗大的石头飞上天，

在敌人的炮弹下，

人马纷纷滚下了山岩，

多少兄弟昏倒在地下，

毒气在山上散作云烟。

下了叶家集，

下了商城，

获洲师团

凭一股锐气要攻下这天险。

一道严峻的命令

下给这一师人，

死，也要守住鸦雀尖!

战况到了紧张的高度，

指挥所从山腰移上了山巅，

这表示了一个决心，

像一张弓把弦拉满。

向着一张地图滴心血，

师长同他的参谋人员，

一会儿他又立起身来，

望远镜中把眼光射远。

电话铃声叫他说话，

一个团长向他求援，

他说阵地已经动摇，

一团弟兄战死了一半。

"士兵死了，排连长上去，

排连长死了，拿营长去填，

看准你的表，两个钟头

我把援兵送到你的跟前。"

没有兵力给他增援，

给他送去的是国旗一面，

另外附了一道命令

那是悲痛的祭文一篇：

"有阵地，有你，

阵地陷落，你要死！

锦绣的国旗一面，

这是军人最光荣的金棺。"

这时候，炮火密得分不开响声，

炮弹落在他左边右边，

惊飞的石子像雨点，

纷纷打在他的身间。

枪弹穿响了头顶的树叶，

敌兵已经冲到了山前，

特务连里十个决死队，

一个命令跑下了山。

他用完了所有的兵，

而且，把他们放在必死的当中，

头顶上悬起了同样的国旗，

他从容地在听候着电话的铃声。

附记：大别山战役，XX师奉令扼守鸦雀尖，师长黄樵松氏，预作国旗七面（二旅长，三团长，另外一面是他自己的），在战局危急时，即以国旗分赠，示不成功则成仁之决心。鸦雀尖敌将冲上时，师长令敢死队十人冲下山头后，即于树间将国旗悬起，预备作光荣之牺牲，置诸死地而后生，敌人终不得逞。当时在鸦雀尖留有二寸照片，至今犹存。敢死队十名，生还者七人，该师以"鸦雀尖七勇士"呼之。

1940 年 1 月

冰天跃马

我们十匹大马

在战地上追奔，

铁蹄给白雪

打一串新的花印，

瀚海的松林

朔风卷起洪涛，

割鼻子刺脸，

寒风像钢刀。

冰雪封着流水，

冰雪盖着大地，

冰雪锁住鸟鹊的口，

唯有战斗的血是一股暖流。

驰向前线去呀！

驰向前线去呀！

年轻的人

力壮的马，

带着金翅的炮弹

在人心头上爆炸。

驰过"响水河",

驰过"邢集",

马蹄驰走——

这年尾的一日。

一片片远山

化入了天碧,

峰头的白雪

做了天际的云朵。

白头的岗岭

和马群赛跑,

撇在身后的山野,

万顷起伏的波涛。

勒马在"查山"的顶峰,

向四周的平原投下了眼睛,

"查山"阵地二十里长,

敌人两次来犯两次受创!

雪泥掩没了烈士的血迹,

冰天里挺一个哨兵的影子,

雪花填饱了坦克车的辙印,

平地上铺满了火车的白轨,

黄昏落上耸高的碉堡,

我们走进了"鲁寨"的战壕,

机枪大炮三面打来，

敌人替我们大放鞭炮。

战士们

严密地警戒着这除夕的夜晚，

把枪口，把炮眼，

对准"出山店"，

对准"长台关"

这里只有战斗，

没有新年，

从枪口炮口里

打出个明天。

旧历 1940 年元旦于前线

柳荫下

几株垂柳
铺好了一地荫凉，
八九匹战马
拴在柳腰上。
驰骋过疆场的铁蹄
闲敲着午睡的大地，
阳光点了它一身银花，
尾后驱打着逗它的蝇子。
木鞍弓着腰
做闲散的梦，
有一种
卸却了责任的轻松。
（弹药卸在前线，
它们又回程。）
枪身
靠在树身上，
仿佛找到了

一个惬意的依傍。

五六个弟兄，

一个人一个式样：

额上生薄汗，

口水像馋涎，

甜睡在光地上，

像傍着母亲的胸膛；

有的解开戎装，

去接受柳扇摇来的清风，

看白云在天边游走，

听悠扬的蝉声；

有两个对坐着聊天，

每人口里衔一支烟，

话，多半天没有一句，

一支烟却吸它个多半天。

"公园里今晚放演《台儿庄》，"

一位老乡作了个义务宣传，

"老王，咱们也去看它一眼，"

说了这句话，脸色却很平淡。

（那个场面在心头一闪）

老王向他的伙伴望一望，

眼光正碰到了那颗勋章①。

（光芒四射的太阳）

①三十军在台儿庄创造了光荣战绩，每人得奖章一颗，形如太阳，边缘作光芒状，中横"台儿庄"三个红字。

1940 年 7 月

无名的小星

我不幻想
头顶上落下一顶月桂冠，
我只希望自己的诗句
像一阵风，吹上大众的心尖。

你知道，
我是一个野孩子来自乡间，
染着季候色彩的大野
就是我生命的摇篮。

为了生活的压榨
我陪同农民叹气，
命运翻身的日子，
我也分得一份喜欢。

他们手下的锄头

使用得那么熟练，

顺手一拖，闪出禾苗，

把一丛绿草放倒在一边。

工人的神斧

也叫我惊奇，

一起一落

迎合着心的标尺。

时代巍峨在我的眼前，

面对着它，我握紧了笔，

我真是一个笨伯，

怕人喊作"灵魂的技师"。

我愿意是一颗无名的小星，

默默地点亮在天空，

把一天浓重的夜色，

一步步引向黎明。

（一盏生命的天灯）

1940 年

第一朵悲惨的花

——吊屈原

诗人，

这两个字

就清楚地说破了一个命运：

一副硬骨头，

一肚子愤懑，

一个高尚的头脑，

一眼睛的看不惯。

身子扎根在现实的污泥里，

却怕自己的洁白

被这污泥沾染，

把一双灵魂的眼睛

投出去，

投得比现实

更高，更远。

向丑恶

要美，

向虚伪

要真,

按着眼前的龌龊

要它的反面!

以小孩子的天真

哭着去要它们,

以饥寒者的迫切

呼号着去要它们,

以火样的热情

去要它们,

以死

去要它们!

这样,诗人,

就同悲惨的命运永远地握手了。

带一个"不雅的尊号",

穷愁,孤苦,

潦倒在人生的窄道,

肚皮同灵魂

一般饥荒,

他嫉恨流俗,

就同流俗嫉恨他一样。

如是,

他流枯了泪泉,

如是，他用自己的明枪

或世人的暗箭，

把没有成熟的生命，

把冤抑，

把悲酸，

把理想，

把命运，

统统装进了三寸黑棺，

凭诅咒和赞颂

在人们的口角上流传，

泥土，

早把他的双耳封严。

屈原——

第一朵悲惨的花

开在诗国的田园。

权威者的耳朵

从来就软，

谗谄的风

没定向地吹；

忠言打进去

比钉子打进石头里去

更难！

权威者的眼睛

专找逢迎的脸,

今天,他高了兴

你便得宠;

明天打下去,

那算你犯了灾星。

你觉得天大的了不起,

他随便一句话就把你决定,

他听得太多,

他看得太多,

哪有那份闲情

去分辨是非和奸忠。

当宠爱的光

照临着你,

你的手

可以发号施令,

叫抱负

开出现实的花,

叫事业

说出忠贞的话;

当谗言

攻破了易变的君心,

当怀疑

顶替了信任,

你便被挤下政治舞台,

(别人在扮演一场糊涂戏，

你在一旁做个清醒的观众。)

挤到江边去——

去枯槁，

去憔悴，

去呻吟；

吟出你的哀怨，愁苦，悲愤，

和耿耿的赤心！

你一条心

想佩起芬芳的香草

(香草，象征你的人品)

到瑶池去会美人，

(你理想的化身)

叫风云雷霆

呵护着车轮；

一条心

系在朝廷，

挂着你又爱又恨的怀王，

和千千万万楚国的子民。

你清楚，

在人心的天平上

重轻倒颠，

你知道，

在社会的眼中

黑白淆乱，

你看见，

凤凰折了翅膀，

鸡鹜飞上了天。

你清楚，

你知道，

你看见，

你却不能用一只手

把它翻转！

把不住自己的命运，

你带着疑问去请教詹尹：

　"尺有所短，

　寸有所长，"

龟蓍回答你

一个绝望！

宇宙这么宽阔，

却容不下你一条身子，

人生这么深远，

思想却没处安放，

只得紧抱着贞洁，

去追踪彭咸，

带一颗眷恋的心

跳下汨罗江！

生命就是这样：

不能去碰死僵冷的社会，

就得碰死在它的身上。

汨罗江水

为诗人流了

两千年的清泪，

到今天，上官令尹

依然在人间充沛！

1942 年 4 月

《泥土的歌》序句

我用一支淡墨笔

速写乡村，

一笔自然的风景，

一笔农民生活的缩影：

有愁苦，有悲愤，

有希望，也有新生，

我给了它一个活栩栩的生命

连带着我湛深的感情。

1942 年

春 鸟

当我带着梦里的心跳，

睁大发狂的眼睛；

把黎明叫到了我的窗纸上——

你真理一样的歌声。

我吐一口长气，

拊一下心胸，

从床上的噩梦

走进了地上的噩梦。

歌声，

像煞黑天上的星星，

越听越灿烂，

像若干只女神的手，

一齐按着生命的键。

美妙的音流

从绿树的云间，

从蓝天的海上，

汇成了活泼自由的一潭。

是应该放开嗓子

歌唱自己的季节。

歌声的警钟，

把宇宙

从冬眠的床上叫醒，

寒冷被踏死了，

到处是东风的脚踪。

你的口

歌向青山，

青山添了媚眼；

你的口

歌向流水，

流水野孩子一般；

你的口

歌向草木，

草木开出了青春的花朵；

你的口

歌向大地，

大地的身子应声酥软；

蛰虫听到了你的歌声，

揭开土被

到太阳底下去爬行；

人类听到了你的歌声，

活力冲涌得仿佛新生……

而我，有着同样早醒的一颗诗心，

也是同样的不惯寒冷，

我也有一串生命的歌，

我想唱，像你一样，

但是，我的喉头上锁着链子，

我的嗓子在痛苦地发痒。

1942 年 5 月 20 日晨

万鸟声中写于河南叶县寺庄

走

痛苦，

把你从白天，

扔给黑夜；

噩梦，

又把你从黑夜，

扔还给白天。

海水

可以用斗去量，

却没有一支秤

能打得起生活的分量。

泪，

是什么东西！

除了标出自己的软弱，

还有什么意义？

苦，

也不能用口来诉说，

说出口来的苦，

味儿已经变过。

走，

希望的杆子

牵着你的手，

路，漫长又不平，

小心每一个脚步，

四周都是陷阱！

朝山的信心，

自不埋怨路远，

听说过殉道者

为磨难而嗟叹？

走，挺起胸来走，

记住，千万不要回头！

怀着解放众生的心誓，

你走，

这古老的世界已接近了尽头。

1942 年

地狱和天堂

真有个乐园
在天堂？
让别人
驾着梦飞上去吧，
请为我
反手加锁在门上。
我，
在泥土里生长，
愿意
在泥土里埋葬。
如果，有座地狱
在脚下开着口，
我情愿跳下去，
不管它有多深，
因为，我是大地的孩子，
泥土的人。

1942 年

手的巨人

农民——

手的巨人。

我有一支歌

歌唱你的命运。

你的嘴

笨拙得可怜,

说句话

比铸造还难。

你的脸上:

有泥土,

有风云,

直汹到生命的海底,

你的心!

谁说生路窄?

你有硬的手掌,

命运是铁,

身子是钢。

你的眼睛，

那一双小明镜，

叫每个"高贵"的人

去认识他的原形。

1942 年

海

乡村

是我的海，

我不否认人家说

我对它的偏爱。

我爱那：

红的心，

黑的脸，

连他们身上的疮疤

我也喜欢。

都市的高楼

使我失眠，

在麦秸香里，

在豆秸香里，

在马粪香里，

一席光地

我睡得又稳又甜。

奇怪吗？

我要问：

"世界上的孩子

哪个不爱他的母亲？"

1942 年

反抗的手

上帝

给了享受的人

一张口；

给了奴婢

一个软的膝头；

给了拿破仑

一柄剑，

同时，

也给了奴隶们

一双反抗的手。

1942 年

钢铁的灵魂

我不爱
刺眼的霓虹灯，
我爱乡村里
柳梢上挂着的月明；
京剧
打不进我的耳朵，
我迷恋着社戏——
那一团空气
漾溢着神秘，亲切，
生活的真味，
和海样的诗情。
镀了假的油滑脸子
我最厌烦，
真想一把抓下来，
把它掷上天！

我喜欢农民钢铁的脸，

钢铁的话，

钢铁的灵魂，

钢铁的双肩。

1942 年

穷

屋子里
找不到隔宿的粮，
锅，
空着胃，
乱窜的老鼠
饿得发慌；
主人不在家，
门上搭把锁，
门外的西风
赛虎狼。

1942 年

三　代

孩子

在土里洗澡；

爸爸

在土里流汗；

爷爷

在土里葬埋。

1942 年

送军麦

军麦，孩子一样，

一包一包

挤压着身子，

和衣睡在露天的牛车上。

牛，咀嚼着草香，

颈下的铃铛

摇得黄昏响。

燎火一闪一闪，

闪出梦的诗的迷茫，

这是农人们

以青天做帐幕，

在长途的野站里

晚炊的火光。

1942 年

他回来了

哥哥请假回来看家，
家里的亲人
放下了那条悬挂的心，
自从出了门
没有消息回来，
今天，他的身子
是几年来寄到的
第一封"家信"。
他的口——
一条小河，
淙淙地流，
母亲坐在纺花车旁，
像坐在梦中，
弟弟刚从坡下抽回身，
锄杆躺在怀里，
大家静听着他，

像静听着别人

替自己读一封"家信"。

小孩子

在大人空隙里穿梭，

欢喜而又畏怯地

用一只好奇的小手

向爸爸腰间的短枪偷摸。

他的女人，

脸上烧着火，

在别人不留意的时候，

在他周身溜眼波。

1942 年

沉　默

青山不说话，

我也沉默，

时间停了脚，

我们只是相对。

我把眼波

投给流水，

流水把眼波

投给我，

红了眼睛的夕阳，

你不要把这神秘说破。

1942 年

崎岖的道路

通过了

八百里起伏的荒山，

通过了

七月的火扇

扇起的火焰，

把破碎的身子

移向战时首都，

我曾经在前线屹立了五年。

当汽车慢慢地

把楼台的影子

送给我，

我已经把不稳

心的舵，

硬把眼皮关紧，

为了不叫泪水冲落。

脚，

踏上岸，

梦同现实

碰面！

流线型的汽车群，

斗着时髦与速度，

载满了波浪头发的女人

掠过我，威风地叫着，

远了，

我以发烧的酸腿，

追在它后边。

（吃它的黑烟）

两个人

掮着一个人

擦过我的肩膀，

抖一下神，

抢上几步，

我骄傲我还有一双腿。

我的草绿色的粗布军装，

污染着长征途上的汗和土，

它的颜色

同这都市的颜色

彼此嘲讽着。

路上的行人们，

你们以你们的衣服骄傲我，

你们以你们的脸色骄傲我，

你们投给我太多的眼光；

但是，你知道，

我是新从前线来的，

敌人的机关枪

也不曾使我战慄！

我，像一个叫花子

误失闯入了天国，

在繁华得叫人昏眩的大街上，

我移动着发烧的身子，

什么对我都是陌生，

这里的道路是这样的崎岖呵！

1942 年 8 月

舍利子

佛的额门口，

有一颗舍利子放光，

我，我也有一颗，

它不在表面上炫耀，

却深深在心坎里藏。

富有四海的国王，

王冠上嵌一口宝石，

真珠绕着它发光，

像星宿护围着月亮；

我也有一块宝石，

我一口说不出它的价值，

国王拿着王冠来换，

我说，不行，这对我太不合算。

我从来不信奉什么宗教，

可是我是一个信徒，

"为它生，为它死"。

我可以这样对你发誓，

我信奉的东西只一个字，

它的名字就叫做"诗"。

有了它的照耀，

宇宙才不是一座囚牢。

有了它的润霈，

人生的场子才不是一片荒寒。

它把歌声送了流水，

它把颜色借给花红。

不是凭了它的歌颂，

生命的意义不曾这么鲜明。

像音乐恣意地向卑污的灵魂

揶揄，

诗，它也不容情地讽刺着

庸俗，丑恶和自私的心，

这一些也非笑着它，

因为它们有眼却只认识黄金。

我用热情，苦痛，幻想

盖起一座庙堂，

庙堂里供奉着我

诗的神像，

失眠的眼光，

是我长夜里绕着的两柱香，

叹息散成烟云，

眼泪做了椒浆，

我甘心把灵肉做一份牺牲，

把自己的红血"歃"这座庙堂。

　　　　　　　　　　　1943 年 2 月

《感情的野马》序诗

开在你腮边的笑的花朵，

它要把人间的哀愁笑落，

你的眸子似海深，

从里边，我捞到了失去的青春。

爱情从古结伴着恨，

时光会暗中偷换了人心；

我放出一匹感情的野马，

去追你的笑，你的天真。

1943 年 5 月 17 日完成

霹雳颂

人生，枯朽得像古坟里

千年的棺材板，

空气把窒息病菌

带给每一叶肺尖，

土地裂开口，狗子伸着舌头，

树叶褪去了生命的绿色，

人，苦焦的心这就要自燃！

沉默着——

一个伟大的沉默，像火山；

希望着，痛苦的希望，

全个儿宇宙的心

向着高处攀，

这沉默，这希望，

是这样神圣更庄严！

天，他包涵一切的心胸

被触动。

黑云像被囚禁的虬龙

窜出了深邃的穴洞，

脊背上驮起东海，

尾巴上卷着风暴。

摇头摆尾地啸叫着

飞上天空，

从东海崂，从五岳，从喜马拉雅的高峰。

如是，天，把一点颜色

给人看，蜻蜓成群翱翔到高空，

去采访天上的消息，想把一点象征，

一个预言，指点给人间。

人，连上动物，植物，

就是石头也跟着变，变得像一个信心跪倒

　　在上帝脸前，

等待着，不敢说一句话，

把呼吸也压缩得很谨严。

来了——

风来打前站。

它替惊人的奇迹发出个信号，

它把一个消息到处预言，

它的铁手试验着每一个生命，

看看它们到底经不经得起疯狂的摇撼。

来了——

来的是闪电，

它把人的心窝揭开，

叫蛰伏在老底的东西

一个个把原形现出来；

它在黑暗的僵尸上，

砍，砍，砍一万剑，

它的手臂永远也不酸；

天空被它辟开一条一条缝，

跟着掉下来了——

轰隆，轰隆，轰隆，

向着这古老人间的堡垒

光明的巨手

投下了千万吨炸弹！

霹雳碰着高山，它每条神经都吓得抖战；

霹雳掷下深谷，

千尺深埋的小虫

也惊破了胆；

霹雳滚过屋瓦，

瓦片颤动得发响；

霹雳响到心窝，

把良心的颜色擦得晶亮。

它震怒，它破坏，它扫荡，

它向沉睡的生命叫喊，

它是一句话，一个神的力量！

它是临盆阵痛的大叫，

它是光明使者的车轮碾过天空，

它用尽不可当的伟力，

向人间痛苦的妊娠催生。

听，雨脚插下来了，

像千万匹马，像战阵上叮当的刀兵，

在地上，在半空，

进行着一场激烈的斗争，

胜利归了光明，

你看，豪雨给人间洗刷出个多么光亮的天空。

1943 年 8 月 31 日于歌乐山中

失　眠

一只一只生命的小船，

全部停泊在睡眠的港湾，

风从夜的海面上老死，

鼾声的微波在恬静地呼吸。

只有我的一只还冲跌在黑的浪头上，

暴风在帆布上鼓荡，

心，抛不下锚，

思想的绳索越放越长……

1943 年 12 月于渝歌乐山大天池

马耳山

试扫北台看马耳，

未随埋没有双尖。

——东坡雪后"超然台"上看马耳山句

①我乡谚语，远亲不如近邻，近邻不如对门。

马耳山，我的对门①，

当故乡的田园恋爱着

我单纯的心，

早晨，纸窗子一卷开，

就把你迎了进来；

晚上，门闩子一响，

你便叫黄昏领走了，

一抬脚跨过短墙。

你永远美滋滋地

笑向每一张投过来的脸，

这笑，滋养着千千万万的灵魂，

这笑，它是多么自然，多么温暖。

你永远不改变样子，

又像时时刻刻在改变，

每一次看上去都活鲜、神秘，

每一次都有点什么加添。

春天，你叫桃花

开在涧水两旁，潺潺的清流

用温柔的声音

招呼来几个洗衣的姑娘。

你掩藏了美，使美更美，

你挺立着身子看阳春的"野马"

赛跑在大地上；

你看见：扛着锄，牵着牛，

背着个沉重命运的农夫，

撒汗珠，撒脚印，

在湿润放香的黄土——

这一幅太美太惨的春耕图。

①高粱穗的俗称。

你看见夏季"秫秫头"①上

饱满了红色的希望，

谷穗子沉重地坠下头去，

风磨得它刷刷地响；

你看见农家妇女们挎一只篮子

向田野去，

走在绣着花朵的绿色的地衣上，

断臂的高粱，草棵的长蔓，

挽留似的阻拦她，掣拉她的衣裳。

农人，赤条条没入到

绿海的老底，你，

看不见却听得见他们。

秋天，西风把大野吹空了，

把天吹高了，把水吹冷了，

从地面上吹出枯坟来，

萧萧的白杨替死人歌唱。

秋天的野坡

是孩子们的游戏场：

翻砖揭瓦，压细了呼吸，顺着声音

去探蟋蟀的洞房，

掘田鼠，捕蚂蚱，

心，追随猎犬的爪子，

"兔虎"①的翅膀；

猛然一抬头，呵，马耳山，

碰上了你笑的模样。

白云在冬天

给你添了神秘，

我们望着你，唱着我们的歌谣，

①兔鹰。

游戏在太阳下，冷风里。

呵，冬天！寒冷抖着穷人的牙巴骨，

一身纸薄的裤褂底下

是红肿肿的一片酱色肉；

狂吼的风呵，它日夜向人示威，

把一个个小村庄抱在冰冷的怀里，

摇，摇，摇，

把乌鸦翻在半天空，

呱，呱，呱，

呵！生的穷愁像沉重的石头，

向我的心头压下！

当落日像一扇车轮

滚下苍茫的西天仿佛发出声音，

狂风把它的光线吹成了冷丝，

"日落北风死，

不死刮三日！"

马耳山呀，这哀怜的声音

你是听惯了的。

马耳山，晴天的日子

你便向人拢近了，

阴天，你又骑上云头

跑远了。

你看得真多呵！

你听见时间的罡风

忽忽地从耳边过路，

它把人间吹变了颜色——

把乌黑的头发吹成丝缕，

把童心吹成石头，

把笑把泪一起吹干了，

把人们，一代一代的

吹到土里去。

他们的辛苦悲酸，

你是知道的呵，

他们悲痛的生命，

在坟头上开出几朵惨白的小花，

马耳山呀，在生前

你安慰过他们，

死后，他们永远在你爱的辉光里住家。

你永远挣着一双耳朵

向着天空，

是要听出什么新的消息吗？

你永远倔强地站立着，

是要作成一个质问吗？

你，马耳山呵！

生活的鞭子，悲惨地抽着穷苦的人

离开家乡到天边去，

背着债主，背着邻人的眼睛，

起五更，黑暗殷勤地送他一程，

走着，走着，蓦然一回头，

望不见了你，马耳山，

他哭了。

当我还长着一副神话耳朵，

七十多岁的曾祖母告诉过我，

僧格林沁①的兵过境的时候，

你庇护过这一方的人，

你把云彩散布在头顶上，

在乱兵的眼里是清湛湛的一片汪洋；

这一次战争，

听说你也掩藏了游击队，

不，不但是掩藏，

在有利的时机上

你把他们送出山岗。

七年了，我们分离，

你像一位知心的密友，

在月夜，在梦里，

当我对故乡作着刻骨的相思，

一推门，你闯进我心的秘室，美滋滋地，

灿烂地开花了——

我整个的记忆。

五岳的首长，泰山，

① 清蒙古科尔沁亲王，姓博尔济吉特氏，与捻军作战遇伏死。

它的尊容我拜望过了，

武当山，它的名字天下轰传，

我也曾站在"擎天峰"上啸叫

朝着青天，

我玩赏它们的壮美，

可是我不能太爱它们，

因为它们只是一些岩石巧妙的堆垒。

我想，门前阡崖上那一排松树

（儿时月夜捉迷藏的时候，

它曾以它的荫影掩藏过我。）

也许被砍平了吧？

多少我的亲人、熟人，死了，老了，

又该有多少新生了，成长了；

我想着我再见到你时候的

那心境，我想着，除了

一串悲伤的故事，

该还给我述说一些崭新的事情……

1944 年 3 月 17 日于重庆歌乐山中

两盏小灯笼

自从那一天你告诉了我那一个故事，
以后，每天下午，我都是计算着
办公室大赦你的时间，一个人
站在山头上，望着黄昏里那一条小路。

我是迎接一个消息，
迎接一个失眠或是酣睡的夜，
迎接自己的悲哀或是欢喜，
这消息，不要用话，你的脸色
就会完全告诉我的。

那个小女孩子，你才见过几面，
她的模样，她的身世，她的遭遇，
我，全得用想象去模拟；
可是，你的几句话，已经把她变成了
我的亲人，我的妹妹，我自己的一部分。

窗户外边，春光像春水

溢出了大地的池塘，

像不掏腰包的醇酒

随时随地让人醉一场；

各种鸟儿拣选了最喜欢的高枝，

站在上头放开了大嗓，

阡崖上的野花

把春水当镜子，

像一群大自然的姑娘；

而她呢？她躺在一页木板上，

翻个身像转动块大石头，

屋子里，阴惨惨的没有一丝光，

白天，黑夜，她的心，

颜色涂染得完全一样。

庭前，没有一棵树

招来只鸟儿，

替她报一声春天的消息，

没有一个人折枝花来

叫她闻一下春天的香气，

她闭着眼，闭着心，

这间小屋子就是她生前的墓地。

院里的员工们，各人忙着各人的公事，

计算薪金的多少和发薪的日子，

医生，每天照例来一次，又匆匆地走出去，

怕肺痨的细菌，把口罩盖得严实实的。

疾病，呻吟，死亡，

看惯了很平常，

她还活着，

在她们的眼里却早已死亡。

她这张给结核菌扼哑的喉咙，

曾唱过多少支救亡歌曲，

她这两只站立不起来的枯脚杆，

踏过来的路，多么长又多么崎岖！

她的爷娘，被山水阻隔在

南天北地，空有一封信

给她一个日子，这个日子，

给她一个希望，这个希望，

她不知道，她是绝对等不到的！

一天，你说，你给她送去了一个橘柑，

又一天，你说，你给她送了一点白糖去，

隔一天，你又说，你送给了她两颗泪珠。

你做得好，你做得真好呀！

在人生的铁门还没向她关死的时候，

（还留着最后的一点缝儿！）

叫她尝一口情感的水汁吧，

叫她尝一口人生的甜味吧，

你那两颗泪珠

会亮成两盏小灯笼，

照着她生前的心

和死后的道路。

1944 年 3 月 20 日于渝歌乐山中

生命的秋天

一

呵，是秋天了，高空爽朗，

使人想象一颗智慧的莹亮，

田野旷远无边，

像高人胸怀的坦荡，

秋水：明澈，冷静，凝练，虚涵，

镜面比不上，秋水

是洗炼过的心情，

是秋天大地灵魂的眼。

呵，是秋天了，你闭上眼睛

也会听到萧杀的声音

像刀兵，像死神的脚步：

踏过枝条，树叶抖战一下

去飘零；

踏过郊原，草低垂了头颈；

踏过园林，金色的果子

仓惶地落蒂；

鸿雁惊飞了，掉下一两声嘹唳，

当它们的脚步踏过天空。

二

呵，是秋天了，我生命的秋天，

它在封建的泥土里发芽，

它在革命的气流里开花，

眼前是一个大时代呵，在大时代的风暴里，

果实在它身上累累垂挂。

我是生长在农村里的，

我是野孩子队里的一个，

乡井溺爱了我，

也宠坏了我，

它给我划定了方圆十里，

我一直沉溺了十六个年头，

在这个狭小而又无限宽阔的天地里。

我认识了中国的农民，

从脸子，到内心，一直通彻命运，

我像认识自己一样，

认识了泥土给他们

雕塑的性格：勤苦、忍耐、朴实、善良，

我认识一颗谷粒，一颗汗珠的价值；

我认识穷愁的面相，

我也认识富贵人家的门台

有多高，享的福有多大，

罪恶有多深，我也会

在生活意义上来个比照。

我认识四季的风向，

云头的变幻，阴晴风雨

我会从鸟巢口上去测量，

我能向青山说话，同流水

调眼角，我能欣赏鸟儿的言语，

虫儿的音乐，我心里充溢着爱，

这爱深到不可丈量——

我爱泥土，爱穷人，爱大自然的风光。

三

生活给我打开了

两扇大门，我顺着一条

前进的路走，背负着

一个思想，怀着热情，天真，

和一扣就响的一颗血淋淋的良心；

虽然这一些多么不入时，给我招惹来

讥笑、耻辱、苦痛甚至于灾殃，

可是我坚信，坚信着

虚伪，残酷，丑恶的阴影

决不能遮盖了它们的光芒，

宇宙，人生，必须这光芒去照耀，

照耀得它温暖，明亮。

我做过革命前线上的

一个尖兵，

我也曾流亡在松花江上，

陪伴我的是秋风；

爱情的险浪

几次向我冲打；

我活在黑色的恐怖里

像活在一道时时刻刻要倒塌的墙下。

我走着，沿一条曲折然而是前进的路径，

像一个远行客，坐上特别快车去旅行，

隔一片玻璃，看云烟，一卷又一卷，

看田野，树木，庄村，驰过眼前，

一闪就是一次人生，当你想去把捉的时候，

它已经成了茫茫的前尘。

跋过山，涉过水，穿过大戈壁，

风，一阵冷，一阵暖，一阵热，

车开进了一个站口，

木牌上标着"四十"两个大字！

回头向过去看，青春的欢乐，

欢乐的悲伤，也不过一步远，

我还是那一副耳朵，那一张口，那一颗心，

　那一双眼，

而生活的颜色，声音，味道，意义，

都变得这么可怕，这么惨！

我曾经"拭干眼泪瞅着你们变"，

今天，我知道，我该"拭干眼泪跟着你们变"，

历史的情感拼死地拖着我的脚，

理性的杆子却牵引我向前。

站在深黑的古井前

照一下镜子，

不管感伤像云烟，

我必须再起步向前，时代在飞，

我的步子也不容再那么蹒跚。

吓人的新鲜，说谎一样的真实，

像把梦搬到了实地上，人眼前；

我所爱的穷人，吃了智慧的果子，

从蒙蔽里睁开了眼，显示了

自己是英雄，是上帝，

用顿然觉醒的聪明，用万能的手，

在地上建立起自己的乐园；

我所憎恨的，因为它们自身的丑恶，

也为多数人所憎恨，它的寿命

像落土的阳光一样促短。

用希望绘制了多年的新生的图案，

一旦显现在眼前，这是怎么回事，

对着它，我反而有些陌生，有些畏缩，

有些不习惯……

四

四十岁，必须战胜自家，

从老干上抽一支新芽，

（我正在做着惨烈的斗争！）

四十岁，另换一双眼

重新去看。

理性告诉我"是"的，

情感须得从心里也说"是"，

另给自己的眼睛、耳朵、口和心，

安排一套新鲜的感觉、口味、颜色和声音，

让整个的心浸润在里边

像鱼游泳在水里，

我必须变成群众里面的一个，

像我曾经是孩子队里的一个一般；

我必须再造欢乐的、"欢乐的悲伤"的

第二个童年。

我将用心去吸取生命的花朵，再酿造，

然后吐出来去营养别个；

我将用"手"治疗自己的

忧郁病、感伤病、神经病、心病——

知识分子病；

我高兴可以舒舒坦坦地活着，

活在光明的照耀里，呼吸着

群众呼吸的气氛，我情愿卸下诗人的冠冕，

做一个平平常常的人。

1944 年 8 月 14 日渝歌乐山中

擂鼓的诗人

——呈一多先生

呵，你擂鼓的诗人。

站在思想的前线上，

站在最紧要的关口上，

你擂鼓。

咚咚的，是鼓的声音，

是心的声音，是战斗的声音，

越过山，越过海，

去扣每一扇心门，

麻痹的，活动了，

累倒的，振奋了，

险恶的，战栗了，

失掉的，开始寻找他自己的心。

呵，你擂鼓的诗人。

从沉埋了三十年的经典中，

从幽暗的斗室里，

带着苦心培养的文化"血清"

你走出来——

当别人，

为了一个目的

从几千年的枯坟里

拖出了"死人"，

把他们脸上贴满泥金；

当别人，

为了一个目的

把万年的烂谷糠

拿来喂二十世纪四十年代

中华民族的灵魂。

呵，你擂鼓的诗人。

经过了曲折的路径，

经过了摸索挣扎的苦痛，

你走向了人民。

把大地做块幕布，

(你是那么挚爱它！)

挂起一幅理想的远景，

你倔强地，精神抖擞地

走向它，

一步比一步接近了群众，

你的人，也一步比一步高大。

我看见

你庄严的神情；

我听见

你心血的冲涌；

最后，我看见你的头

在幕布上有斗大，

一尺长的胡须

在眼睛的星光中

飘动。

最后，像从火山口里

听到爆炸的地心，

从你大张的口里

我听见了，"呵，祖国；呵，人民！"

1944 年 8 月 24 日早于渝歌乐山中

爱的熏香

设若我死了，

设若我死前还有一点时间，

我一定写下一句最后的请求，

仅仅是一句，留给我的亲人去看。

什么也不说，把双眼一关，

死去了，曾经生活过，

没有感谢，也没有抱怨。

生活了一辈子，

希望抖战着手乞求的，

没有一件被痛痛快快地给，

这最后的请求，仅仅是一句，

你们，我的亲人，可不能再叫它缩回只空手。

可不能再叫它缩回空手，

仅仅是一句，这最后的请求：

不管路多远，山多高，水多深，

　"一定要把我葬埋在故乡！"

贴近我故乡有一道西沟，

西沟崖上有一块小小的坟场，

我年轻的父亲就埋在这儿，

左右的坟里都是贫穷的乡里。

（他的乳母，带着白发和慈悲，

偎依在他身边，永远把他当一个孩子。）

这块可怜的茔地，

像一个可怜的穷村，

小小的土坟，荒草蔓延，

他们的死后，就像他们的生前。

没有石碑，没有别的标记，

连一条小径也不留，

四周都是枯瘠的田地。

就在这些穷人的身旁，

匀给我一小块安身的地方，

我们彼此挨近，像生前，

挤着点儿大家都温暖。

我们从来没有野心，

不论死后还是生前，

贫困，受苦，良善，

一个十分卑微的好人。

右手的阡崖做坟墓的枕头，

几株马尾松又瘦又硬，

它一年四季恋着清风，

一听到脚踪它就动了激情。

也常有不知名的鸟儿，

来枝头上唱歌，

唱完了，又飞走，

好给人心上保留着寂寞。

春天，野花开在我们头上，

隔着土地也闻到了芳香，

草绿了，绿得像那个人的眼睛，

细雨潮润了我们的床。

听到了叱牛，也听到了犁头破土，

犁头破坏了我们的房屋，

可是我们并不生气，

还情愿为着穷人缩一缩身子。

暴雨把西沟灌一个饱，

像一个粗暴的人日夜吼叫，

这声音叫醒了我的记忆，

我又变成了个快乐的孩子。

睁开眼什么也望不到——

除了矮的谷子，高的高粱；

耳朵也听不到别的声音，

只听到农人的歌唱，蟋蟀的歌唱，

只听到一片生机在大地上响。

秋天，白云贴着天飞，

淡，淡得像烟，

眯缝着眼看，像孩子时代，

好好地看看天，看看云彩的变换，

在生前，生活得太匆忙，

没有闲情，也没有时间。

树叶凋零了，隔一片疏林，

望过去，望得很远，

隐藏在林子身后的"西河"，

在金色的阳光下一闪一闪。

那不是"焦家庄"吗？跨在河岸上，

住在这村庄里的人民，

没有一家不穷困，

没有一个不可怜，

虽然它给我童年的心上，

种满了快乐，

可是，它最怕回味，嚼咀！

大地在冬天盖一床白雪的厚被，

把头一蒙，我入了永不天亮的冬眠。

我太爱这乡土，太爱这块土地上的人民，

这爱是那么浓烈，那么醇厚，

它的熏香使我不朽！

1944 年 11 月 20 日

宝贝儿

对于炫人眼目的那些什么告，什么书，
我没有话讲，只有佩服，
典故用得真多，文句雕得也真有功夫，
它美丽，美丽得像一朵纸花，
它圆通，博大，
像一件出租的礼服。

还有那些调调儿，
一张口就是，
不论何时，也不论何地，
只须把机头一上，
就开了心的戏匣子。

好话说三遍狗也嫌弃，
画的饼儿充不了饥，
今天，什么也不要看了，

今天，什么也不要听了，

快快地，快快地，把它请出来，把它请出来——

千万人呼唤了千万遍的

那个"事实"的宝贝儿。

1945 年 2 月

星 点（九首）

一

"伟大！伟大！"
说顺了嘴
再也不觉得肉麻，
"伟大！伟大！"
听惯了，
仿佛它就是你自家，
伟大？什么！
不过是把人性
调换了一副铁甲。

二

神秘，残忍，吹捧，
这三合土，

在常人心坎上
塑成功“英雄”。

三

你觉得，
自己崇高得不得了，
请站在喜马拉雅山脚下
向上一抬头，
请站在大洋的边岸上
向远处一放眼，
请站在群众的队伍里去
比一比高。

四

我爱一棵小草，
我爱一颗小星，
我爱孩子的眼，
我爱一缕炊烟
缠起微风。

五

苦难是滋养人的，
把诅咒吞下去，
让它化成力！
不要想象着自己的孤独，悲愤，
在茫茫的人海里，
心在寻找着心。

六

你会觉得心的太阳
到处向你照耀，
当你以自己的心
去温暖别人。

七

你问我生命的意义，
我说，它的意义
就在于它永远不满足。

八

渴望着家，
到了家，
却永远失掉了家。

九

回忆，
是彩虹，是深渊，是墓场，
它粘贴着我，
像一件湿的衣裳。

1945 年 3 月

毛泽东，你是一颗大星

毛泽东，你是一颗大星，

不亮在天上，亮在人民的心中，

你把光明、温暖和希望

带给我们，不，最重要的是斗争！

你举着大旗，一面磁石，

从东南向西北，激流一样地冲击，

冲过千重山，万重水，

冲决了一道又一道围困的大堤，

这二万五千里的大工程，

有什么可以比拟！有什么可以比拟！

有些吃反动宣传饭的家伙，

在你脸上描红胡子，乱涂水粉；

有的人也太过分，

把你的事业当神话来过瘾。

我们朴实的人民不这么想，

我们认定你是一个

顶精干的人，顶能战斗的人，

把生命，希望，全个儿交付给你，

我们可以毫不担心！

你领导的成功，并不是什么奇迹，

抓住人民的要求，你就慷慨地"给"；

你的大业如果有点什么神秘，

那就是革命，革得真，革得彻底！

你使陕北的一片荒山，

生长出丰足的五谷杂粮，

你使千万穷苦的人民，

有田种，有饭吃，还有文化的滋养，

疾病袭来了，

有药石代替巫卜的仙方。

在你荫庇下的人民

重新活了，像春风里的枝条，

眼里不再淌酸辛的泪水，

恐怖，恼恨，也从心里拔去了根，

屋檐挨着屋檐，邻人们互相亲近，

血脉，感情，心灵，活泼泼地，

像流水，彼此灌注，交流，

淙淙地流出了生之欢快的声音！

在延河两岸，在解放了的土地上，

人民，有心情也有权利唱自己心爱的歌；

诗人，小说家，随着自己的心愿写自己心爱的诗句和小说；

工人不再愁没工做，而且只管做工，

就不必再愁别的什么；

士兵在打仗，这还不算，

他们明白打仗的全部意义，

他们才打得那么勇敢，

八个年头，解放了半个中国，

解放了的人民，少说一点，也有一万万多。

这些土地上的人民，活着才真是活着，

活着，才像活在自己的祖国里，自己的

大家庭里，

他们生命的天空上，

天，已经放亮。

延安是一块新的土地，

延安是一个光明的海洋，

新的土地上产生新的人类，

延安，多少人念着这个名字，

心，向着它打开了天窗。

毛泽东，你是全延安，全中国，

最高的一个人，

你离开我们千万里，

你又像在眼前这么近……

为了打倒共同的敌人，

你主张团结，抗战胜利了，

你还是坚持团结，

因为你知道，今天人民要求的不是内战，

是和平，是民主，是建设。

用自己的胸膛

装着人民的心，

你亲自降临到这战时的都城，

做了一个伟大的象征。

从你的声音里，

我们听出了一个新中国，

从你的目光里，

我们看到了一道大光明。

1945 年 9 月初

附记：1945 年 9 月初，在重庆第一次见到毛主席，激奋之余，写了这首颂诗，以"何嘉"的笔名登在 9 月 9 日的《新华日报》上。

1978 年秋

胜利风（十首）

一

弹一弹帽子，
弹去了战争的尘土，
照着八年前的老样子
把它戴上去。

二

放下屠刀，
立地成官，
换一换帽花^①，
换一换旗子，
这很简单，很简单。

①国民党的有些部队，投降了日本
侵略军，美其名曰"曲线救国"。
抗战胜利后，他们把帽花一换，官
复原职。——1978 年 10 月 25 日

三

当年，

"你"向东，

"我"向西，

绕来绕去，

"我们"又在胜利的大路上

会了齐。

四

我提议：

把流亡在美国的那几万万两黄金

铸胜利九鼎，

鼎面上，反反复复刻上三个字：

老百姓，老百姓，老百姓……

因为，他们才真是劳苦功高，

却不自居英雄。

五

这里忙着：

论功，行赏，

分封，列土；

人才，在无缘的角落里，
闲敲着满肚皮的抱负。

六

同事，同学，同乡，
断了八年的关系，
忙着重新接上，
这是一场很好的交易，
各取所需，皆大欢喜。

七

论亲戚，拉交情，攀姻缘，
你说这是老作风，
我说：
革命也不妨杂一点封建！

八

政治犯在狱里，
自由在枷锁里，
难民在街头上，
飘飘摇摇的大减价旗子，

飘飘摇摇的工商业，

这一些，这一些点缀着胜利。

九

自由呵，

是指着肚皮给孩子起的一个小名。

十

我生活在祖国里，

恐怖日夜向我追踪，

我生活在祖国里，

却像旅行在一个陌生的地方，

失掉了通行证。

1945 年 9 月

人民是什么

人民是什么？

人民是面旗子吗？

用到，把它高举着，

用不到了，便把它卷起来。

人民是什么？

人民是一顶破毡帽吗？

需要了，把它顶在头顶上，

不需要的时候，又把它踏在脚底下。

人民是什么？

人民是木偶吗？

你挑着它，牵着它，

叫它动它才动，叫它说话它才说话。

人民是什么？

人民是一个抽象的名词吗？

拿它做装潢"宣言""文告"的字眼，

拿它做攻击敌人的矛和维护自己的盾牌。

人民是什么？人民是什么？

这用不到我来告诉，

他们自己在用行动

作着回答。

1945 年冬于重庆

枪筒子还在发烧

掩起耳朵来，
不听你们大睁着眼睛说的瞎话，
癞猫屙了泡屎，
总是用土盖一下。

苦苦打了八年，
刚刚才打出了一个希望，
仿佛怕这希望生长，
当头就给它一棒！

大破坏，还嫌破坏得不够彻底？
大离散，还嫌离散得不够惨？
枪筒子还在发烧，
你们又接上了火！
和平，幸福，希望，
什么都完蛋，

人人不要它，它却来了——

内战！

1945 年 12 月

邻　居

——给墙上燕

欢迎，你，

来我这堂屋里安家，

在这苦难的岁月里，

我们一样是作客在天涯。

听说，你顶会选择人家，

我高兴你来和我做近邻，

这座房子，可以避风雨，

我们都有一颗无害于人的心。

我给你在东墙上钉了一个竹窝，

一早，我忙着给你去开门，

晚上，我留着门等候你，

像等候一个迟归的亲人。

为什么，飞来飞去

总是孤孤单单的一个？

我怕看见你的影子，

也怕听到你的歌。

暴风雨快要来的时候，

我手把住门站在屋檐下，

东边望了西边望，

觉得心焦又觉得害怕！

今天，你说我有多么快乐！

当我看见你不再是一个；

我的心永远不能安宁，

如果有一个人不能幸福地生活。

1946 年春于渝歌乐山大天池

"警员"向老百姓说

亲爱的赵大爷，钱二哥，孙大娘，李幺嫂，

亲爱的诸位市民，各界同胞！

我们常常摸着胸口问自己，

我们长官训话的时候也常常提起：

"你们吃的哪个的饭？

你们穿的哪家的衣？"

"都是人民的，都是人民的，

人民就是我们的主子！"

所以，所以，亲爱的同胞，

保护你们是我们的唯一天职！

我们一向工作

本着这个目的，

何况就到了今天，到了今天，

人人都说是"人民世纪"，

这更是义不容辞！

　　　义不容辞！

我们要常常登门拜访，

日期没有准，时间也说不定，

总之，我们要来得很勤，很勤，

警民打成一片，

大家亲爱精诚！

我们要访问贵府家有几口？

几个娃儿，几个大人？

几个男，几个女，

几个在家，

几个出了门？

连生日八字也要弄个清楚，

到底是生在民国，

还是光绪宣统年间？

在什么地方落的草——

哪一省，哪一县，

哪一保，哪一甲，

门牌多少号？

在什么时辰下的生？

子时，丑时，还是寅卯？

小字？别号？学名？乳名？

顺便我们再问一问绰号，

因为它最能够代表一个人的品行。

你曾祖父叫什么名字？

在阳世活了多少年？

是做官？是经商？

是务农？还是下苦力吃饭？

他死了，埋在什么地方？

坟的山向朝北还是朝南？

你祖父，你父亲，

又是些什么样的人？

如果是死了，

是病死的？是自杀死的？

还是有别的其他原因？

他们活着的辰光，

都是做些什么事情？

死了的时节，

哪些人曾来灵前哭过？

眼泪流了多少？

哭的伤心不伤心？

现在，撇开死的，

向活的访问：

你家里有几间屋？

几扇窗？几合门？

你灶门的方向朝哪？

墙头有几尺高？

墙外是旷野，是河流，

或是别的近邻？

这鬼年头，奸险匪暴到处横行，

哪些人常同你来往，

我必须暗地里替你留心！

我还要留意你的一些特征——

高个儿还是矮子？

肥白还是黑瘦？

穿中装还是西服？

什么颜色？什么质地？

出门的时候，

常向西还是向东？

常坐车还是步行？

为了这一些大事小节，

我们鞠躬尽瘁，不辞劳苦，

无非是，无非是为了你们的安全，

随时随地好加以保护！

我还想侦察一下

你们都在看些什么书？

参加些什么活动？

对国家大事作何感想？

脑子里装着一些什么？

这绝对不是我们多事，

为了责任，我们不能不替你们担心，

这是什么时代呀，

这时代，邪说像猛兽到处吃人！

这，你们该明白了，

我们"深入民间"全是为了你们；

可是，你听，多少人在乱嚷乱叫，

说我们是"法西斯蒂"，

真是"好心当了驴肝肺"，

真是冤枉，真是岂有此理！

亲爱的市民们，

千万不要听那一派胡扯，

这明明是坏蛋们别有用心！

1946 年 5 月 22 日于渝歌乐山大天池

星　星

我爱听
人家把星
叫作星星。

夜空是另一个世界，
星星是它的子民，
谁也不排挤谁，
彼此密密地挨近。

它们是那么渺小，
渺小得没有名字，
它们用自己的光圈，
告诉自己的存在。

仰起脸来，
向着那白茫茫的银河，

一，二，三，你数，

呵，它们是那么多，那么多……

1946 年 8 月 4 日午于沪

竖立了起来

竖立起来的不是铜像
而是普希金他本人

一百一十年前的沙皇,
他的骨头
已经腐烂在
他统治过的那块土地上;
他的声名
也在一天一天地黯淡,
像一颗大星
没落在历史的黎明。
然而,当年他却是那么威风,
把宇宙挂在一个小拇指上,
叫它旋转,
举起一只巴掌来,
可以遮盖整个的天空!

一百一十年后的普希金，

生命开始展开，

把精神凝铸成铜像，

以世界作基地，一个又一个地竖立了起来。

你高高地站立着，

给人类的良心立一个标准，

你随着时间上升，

直升到日月一般高，

也和日月一般光明。

你站在那儿

向苦难的人群招手，

把温暖大量地抛给；

你站在那儿

向斗争的行列指示，

给他们以全力的支持！

你站在那儿

像一个讽刺，

唾向那一张一张的面孔，

那些面孔就是险阴、残忍、庸俗和自私。

小孩子们

在你脚下的草地上玩耍，

仰起脸来望望你，

呼一声"普希金伯伯";

你笑着，要走下来，

摸摸他们的头，

加入进他们的队伍一道去嬉戏。

走过你身边的人们，

忽然停住了步子；

你，默默地在想什么？

想给他们朗诵一篇自己的诗？

你庄严而又和蔼地

站在那儿，

仿佛可以听到你心的跳动

和透露出喜怒哀乐的呼吸。

我，一个中国的寒伧诗人，

你生前遭受过的，

在我也全不稀奇，

剪刀和监牢向我张着大口，

诽笑、穷困永远跟在我后头，

我爱祖国的人民和土地

和你爱的一样深，

可是，这也是一样的呀，

这种爱在眼前的中国，

是犯法，而且有罪的！

一百一十年的时间

校正了一点：

当年，在俄罗斯，是诗人领导着人民向前走，

在中国，今天，人民却走在了诗人的头前。

1946 年 12 月 20 日

你　们

你们宣传说，我不再写诗了，

对不起，我给你们一个大大的失望，

我被你们的话鼓励了，

我的诗兴猛烈得像火！

如果诗就等于风花雪月，

不劳你们提示，我早就搁笔了；

如果诗就是无病呻吟，

连我自己早就感到羞愧了。

我不是没有事做，

才伏到桌子上，皱着眉头，

去制造一点诗意和没有源头的感伤；

不是因为我有太多的时间，

才像一个工匠琢磨一块玲珑的宝石，

为了好玩，我琢磨着一些冷冰冰的诗句。

不是的 , 不是的 , 不是的呀 !

我有太多的悲愤要把胸膛爆炸开呵 ,

我有太多的感情要冲涌而出呵 ,

我的心被火燃烧着——

那羞耻的火 ,

那困恼的火 ,

那生之苦难的火呀 !

我要活着 ,

我要有饭吃 , 有衣服穿 ,

有屋子住 , 有自由的空气呼吸 ,

我也要我的家人 ,

我也要每一个人都能活 ,

都能活得像个活的样子呀 !

但是 , 我得不到我所要求的 ,

千千万万的人得不到他们所要求的——

那么低微的起码的要求 !

因为我们太老实 , 太善良可欺 ,

因为我们的心始终是红色的 。

这就成为我们受苦的理由 ,

这就成为我们 "不顺眼" 的理由 ,

可怕的人反把我们看做是可怕的了 。

我们的良心，

比你们金钱的声音

更响亮，

我们褛衣上的污秽，

也比你们的"道德"高尚，

我们的穷，是堂堂正正的穷，

而你们，呸，只有一个大肚皮，

天知道那里面装着些什么东西！

我要写诗，

因为我要活下去，

而且，越活越起劲！

我明白，在我们消极的时候

你们才积极起来！

我要用我的诗句鞭打你们，

就是你们死了，我也要鞭打你们的尸身！

我要把我的诗句当刀子

去剖开你们的胸膛；

我要用我的诗句

去叫醒，去串连起

一颗一颗的心，

叫我们的人都起来，都起来，

站在一条线上，

向你们复仇！复仇！

我的心这样沉重，

我以我的诗句呼吸；

我的心这样憎恨，

我以我的诗句宣泄；

我的心这样悲痛，

我以我的诗句哭泣；

我的心这样高兴，

我以我的诗句欢呼。

你们使我这样激动，

你们使我更积极，更勇敢，

你们使我的诗句增加了力量，

呵，你们呀，你们呀，你们呀！

1946 年 12 月 28 日灯下于沪

谢谢了，"国大代表"们！

谢谢你们，

两千多位

由二十几个省份的"民意"

制造出来的"国大代表"！

你们辛苦了，

冒着冷风，

冒着翻车和飞机失事的危险，

不远千里而来，

为了民族，

为了国家，

为了千秋万代的子孙！

真的谢谢你们了，

你们为了国家的"百年大法"

彼此辩论得脸红耳赤，

（又是"锅贴"，又是"汽水"①。）

①国民党伪"国大"开会时，丑态百出。"锅贴"，打耳光；"汽水"指"嘘嘘"嘘斥之声。

——1956 年注

有的把性命也牺牲了,呵,竟至如此,竟至如此!

一时也没忘记民众的嘱托,

你们是那么认真,

　　　那么热烈,

有"反",有"正",

产生了那么庄严完美的一个"统一"!

从此,

我们的国家

有了一条轨道,

从此,

我们老百姓

可以"治",

可以"有",

可以"享"了。

从此,

我们不再被拉夫,抽丁,剥削;

从此,

我们可以不再挨饿在家里,冻死在路旁;

从此,

我们不再自行落水,或者终年患着窒息……

谢谢你们,

劳苦功高的代表!

虽然你们已经

回到各省去受同胞们的爱戴去了，

但是，你们留下了一部大"宪法"

做一个永久的去后之思！

你们开了那么多天的大会，

才花了八十多亿，

现在的钱又毛，这真不成个数目，

招待不周，一切委屈，

请多多大肚包涵了。

这部奇迹，这部"百年大法"，

真是我们的无价之宝，

就算一千万元一个字，

天理良心，它也值，它也值！

你们走了，

把整个石头城撤空了。

可是，我们情愿

挤在公共汽车里做沙丁鱼，

看着"招待车"空着满街跑；

我们情愿

进不到馆子，饿瘦一点，

好向你们表示一点敬意；

我们情愿

身上的灰垢蓄一寸厚，

也把澡堂子让出来，

叫你们躺在那儿多多休息一会儿；

我们情愿

多出血汗钱买点贵东西，

决不怨恨，反而觉得高兴，

因为，由于这一切，

我们才感觉到你们贴近在我们身边，

你们是在"这里"！

你们走了，

你们竟然撇下我们走了！

我们感觉着多么空虚！

连那座大会堂，

连街上那一条一条的大红柱子，

连门前的石狮子也说上，

顿然被闪得直挺挺，死板板，空虚虚，

没有半点生气！

当我乘着开放的机会

走进这座大会堂，

呵，我多么高兴！

又多么悲伤！

我向每样东西上

去接触你们的眼光；

我向每一口呼吸里

去嗅味你们的"正气";

我向每一寸地板上

去印证你们"伟大"的脚迹……

我仿佛听到

你们滔滔的雄辩,

我仿佛看到

"崇高"的影子一个又一个站立了起来……

我由于感激流下的眼泪

把一切都模糊了。

我严肃而又恭敬地

一步一个战栗地

走上了高高的主席台,

向着主席的"宝座"

落座了下来,

我觉得我害怕,

然而我心里念念着:

我也做了一秒钟的"主人翁"。

1947 年 1 月 2 日于沪

生命的零度

前日一天风雪，
昨夜八百童尸。

八百多个活生生的生命，
在报纸的"本市新闻"上
占了小小的一角篇幅。
没有姓名，
没有年龄，
没有籍贯，
连冻死的样子和地点
也没有一句描写和说明。
这样的社会新闻，
在人的眼睛下一滑
就过去了，
顶多赚得几声叹息；
人们喜欢鉴赏的是：

少女被强奸，人头蜘蛛，双头怪婴，

强盗杀人或被杀的消息。

你们的死

和你们的生一样是无声无臭的。

你们这些"人"的嫩芽，

等不到春天，

饥饿和寒冷

便把生机一下子杀死。

你们是从哪里来的？

是从那响着内战炮火的战场上？

是从那不生产的乡村的土地里？

你们是随着父母一道来的吗？

抱着死里求生的一个希望，

投进了这个"东亚第一大都市"。

你们迷失在洋楼的迷魂阵里，

你们在珍馐的香气里流着口水，

嘈杂的音响淹没了你们的哀号，

这里的良心都是生锈了的。

你们的脏样子，

叫大人贵妇们望见就躲开，

你们抖颤的身子和声音

讨来的白眼和叱骂比悯怜更多；

大上海是广大的，

温暖的，

明亮的，

富有的，

而你们呢，

却被饥饿和寒冷袭击着，

败退到黑暗的角落里，

空着肚皮，响着牙齿……

一夜西北风

扬起大雪，

你们的身子

像一支一支的温度表，

一点一点地下降，

终于降到了生命的零度！

你们死了，

八百多个人像约好了的一样，

抱着同样的绝望，

一齐死在一个夜里！

我知道，你们是不愿意死的，

你们也尝试着抵抗，

但从一片苍白的想象里

抓不到一个希望

做武器，

一条条赤裸裸的身子，

一颗颗赤裸裸的心，

很快地便被人间的寒冷

击倒了。

你们原是

活一时算一时的，

你们死在哪里

就算哪里；

我恨那些"慈善家"，

在死后，到处捡收你们的尸体。

让你们的身子

在那三尺土地上

永远地停留着吧！

叫发明暖气的科学家们

走过的时候

看一下；

拦住大亨们的小包车，

让他们吐两口唾沫；

让摩登小姐们踏上去

大叫一声；

让这些尸首流血，溃烂，

把臭气掺和到

大上海的呼吸里去。

1947 年 2 月 6 日于沪

表　现

——有感于台湾事变

五十年的黑夜，

一旦明了天，

五十年的屈辱，

一颗热泪把它洗干，

祖国，你成了一伸手

就可以触到的母体，

不再是，只许藏在深心里的

一点温暖。

五百天，

五百天的日子

还没有过完，

祖国，祖国呀，

你强迫我们

把对你的爱，

换上武器和红血

来表现！

1947 年 3 月 8 日于沪

一片绿色的玻璃

从哪里

捡来一片玻璃，

天真把它

点成块宝石，

让讨饭篮子

在身旁空着，

你，像一堆小垃圾

堆在这大马路边角上，

认真地捏住它，

要把这个浮华世界摄进眼睛里：

山一般高的高楼，

树一般细的电杆，

瓜棚似的警岗，

大圆灯

眨着红绿的眼。

那么多的东西

叫人流涎，

叫不出名色

却能够看见；

那么多的东西

叫人眼花，

隔一层玻璃

很近又很远；

汽车，三轮车，黄包车，

衔着尾巴飞跑过去，

人，摩着肩膀，紧张，匆促，

像急流里的游鱼——

一片色彩，

一片音响，

变幻，移动在

你眼前的这片绿色的玻璃上。

你怀着这块宝贝，

夜里会有个好梦：

爸爸的锄头在土里响了一声，

你便得到了一片带色的玻璃，

笑眯着眼把它对准天空，

天空湛蓝，

彩云在湛蓝的天上悠闲地抽烟，

你把它对准田野，

对准河流，对准远山，

你把它对准自己的庄园……

玻璃上

另换了一副景象：

死尸在地上臭烂，

村子里断了炊烟，

大道上黄尘仆仆，

田野里深草没到腰间……

你不就是从这样一个梦里

逃出来的？

脚下的草鞋，

脸上的尘土，

划出了战争的相貌

和苦难的纹路。

把遭受，饥饿和明天

一齐收拾起来，

全身的精力注入了双眼，

想从这片绿色的玻璃里

捉住这个大世界，

它多么古怪，又多么新鲜！

1947 年 7 月 3 日于沪

照　亮

——闻一多先生周年忌

当身子

倒下去的顷刻，

你，向永恒

站立了起来。

当喉咙

不能够再呐喊的时候，

你的声音

也就更加响亮。

是这样的一个死啊，

把爱和恨提高到顶点，

而同时，你的人

也被它照亮了。

1947 年 7 月于沪

冬 天

冬天，

应着气象台上

冰冷的号召，

从二十年的纪录里

突破出来，

刚一露头，

人们就从

磨响的牙齿缝里

透出了一声

感召的"啊！"

天地，

于是惨然色变。

云，

冻结在覆压下来的

展不开颜色的低空上，

冰，

结冻在像是因为笑

而实际是因为哭泣而裂开的大地上，

威风凛凛的北风，

张牙舞爪地

到处搜索着温暖，

太阳，

这位最受欢迎的客人，

也有气无力地放不长它的光线。

寒冷呀，寒冷呀，寒冷呀，

寒冷

把水银柱里的水银

压缩到零下三十度。

从东海岸

到极西的边陲，

从塞外

到没有见过雪花的南方——

整个古老的中国的土地，

土地上所有的人民，

一齐冻结在冰冷之中了；

只有物价，

只有钞票上的数目字，

全不顾自然的规律，

一刻一刻地

在膨胀……

往年这时节，

北方的水瓮

都穿上了草叶的暖衣，

而眼前，

遍地是赤条条的难民，

今天，在异乡的街头上

用异乡的口音叫喊，

明早，在异乡的义地里

做一个永久的居民。

（寒冷杀人不见一滴血，

也不负什么"罪犯"的责任。）

人民，

一个个空着肚皮；

而枪炮的胃口，

却是那么壮；

汽车在公路上飞驰几百里，

看不到

一缕炊烟，

一个人，

一只瘦狗的出现，

惹出一阵迸裂的欢呼！

老农依着它曝日的

场围上的那个干草垛，

冬天炕头上

孩子们偎着的那个热被窝，

一盏灯，

一盆火，

一个冬天家庭的团聚，

全都成了奢望，

全都成了回忆！

冬天的鸟儿们

还有一个温暖的巢，

而人呢，而人呢，

被饥寒追迫着

找不到一个躲藏的窝。

皮肉，

在冰冷之下

瑟缩着，

而心，

瑟缩得更厉害，

昨天，今天，连上明天的生计

也一起被冻结！

呵！是这样的一个冬天！

从多久以来

我们就一直活在冬天里——

春天的冬天，

夏天的冬天，

秋天的冬天，

而今，是冬天的冬天。

我们的嘴巴

被冰封着，

我们的热血，希望，苦痛和呼号

也全都被封在肚子里，

寒冷呀，寒冷呀，寒冷呀，

寒冷，又岂止是气候上的！

呵！是这样的一个冬天！

这样破碎，

这样颓败，

这样凋零！

寒冷呀，寒冷呀，寒冷呀，

这该是最后的一个严冬。

1947 年 12 月 23 日于沪

征　服

——祝慧修①师五十寿

①即杨晦先生。

有人说：

一根白发

就是一支降旗。

生活的路子

太古老了，

古老得

像一条定律：

落草是起点，

坟墓是结局，

人们在上面走着，走着，

儿子接起父亲的脚迹。

你，从这条道路上走来，

又舍弃了这条道路；

你，从这个队伍里走来，

又叛逆了这个队伍。

看你的背

越来挺得越直了，

你的眼神

勇敢又坚定，

你的声音

斩截而洪亮，

你的心胸

像刷过一样的干干净净。

今天，大时代气流里的

知识分子，

在酝酿着蜕变，

但是，往往抱着个"过去"

困死在那个壳子里；

你，征服了时间，

征服了自己，

脱掉了一个小圈子，

得到了一个大天地。

你喜欢青年，

青年，

是你的一面镜子；

你酷爱书本，

它使你永远坚定在一点上；

你拥护劳苦的人民，

他们才是人生的一支主力。

春天，

是万物的生日，

你五十岁的生辰

有了一个

蓬勃而昂扬的开始。

1948 年 3 月于上海

有的人

——纪念鲁迅有感

有的人活着

他已经死了；

有的人死了

他还活着。

有的人

骑在人民头上："呵，我多伟大！"

有的人

俯下身子给人民当牛马。

有的人

把名字刻入石头想"不朽"；

有的人

情愿作野草，等着地下的火烧。

有的人

他活着别人就不能活；

有的人

他活着为了多数人更好地活。

骑在人民头上的，

人民把他摔垮；

给人民作牛马的，

人民永远记住他！

把名字刻入石头的，

名字比尸首烂得更早；

只要春风吹到的地方，

到处是青青的野草。

他活着别人就不能活的人，

他的下场可以看到；

他活着为了多数人更好地活着的人，

群众把他抬举得很高，很高。

1949 年 10 月于北京

我爱新北京

我爱新北京，我爱
天安门的门楼在朝阳下发红，
我爱白鸽子像小小的帆船，
在碧蓝的天海上划行。

我爱新北京，
像彼此比赛着高大，平地上拔起了许多烟囱，
工人宿舍，傍晚时候传出来广播的音乐，
几年前，这些地方遍地石块，荒草丛生。

我爱新北京，我爱
拖拉机在近郊的农庄上驶行；
新的楼房像从地底下冒了出来，
尘土扑人的道路，柏油给它铺一身青……

我爱新北京，我爱

陶然亭变成了整洁的公园，

我爱金鱼池，那一湾臭水，

今天清亮得照出人影。

我爱新北京，我爱

家家大门上那一团和平，

夜里，不再怕走偏僻的小巷，

地下的电灯像天上的明星。

我爱新北京，

新北京是毛主席居住的城，

全国人民，全世界人民都仰望着它，

我，光荣地住在这座城中。

我爱新北京，

在节日里，我看到过几十万人大游行，

欢呼的声浪像海涛，

里面也有着我的呼声。

我爱新北京，

它是人民的首都，胜利的象征，

我爱新北京，它是白天的太阳，夜晚的明灯，

我爱新北京，我爱新北京。

1954 年 8 月 9 日

海滨杂诗（组诗）

海

从碧澄澄的天空，
看到了你的颜色；
从一阵阵清风，
嗅到了你的气息；
摸着潮润的衣角，
触到了你的体温；
深夜醒来，
耳边传来了你有力的呼吸。

会　合

晚潮从海上来了，
明月从天上来了，
人从红楼上来了。

归　来

火红太阳从海上升起。

渔船回来了，

满仓银鳞耀眼的鱼。

"爸爸——"

一个孩子在沙滩上跳跃，

涛声把他的欢呼抢去。

送　宝

大海天天送宝，

沙滩上踏满了脚印，

手里玩弄着贝壳，

脸上带着笑容，

在这里不分大人孩子，

个个都是大自然的儿童。

大海的使者

清风，大海的使者——

从海面上吹来，

从高楼的红瓦棱里吹来，

从海涛似的绿树间吹来。

你替旅人拂去一身尘土，

从他们心里把闷热拨开，

青岛呵，对于远道而来的游客，

你就是一个绿色的海。

亲　近

天天早晨在沙滩上碰面，

我们彼此并不相识；

我们彼此并不相识，

天天傍晚碰面在沙滩；

大海使我们亲近起来，

老朋友似的打着招呼。

青岛的颜色

我要用自己的皮肤，

把青岛夏天的颜色带回去。

我叫海涛给冲上去，

我叫太阳给晒上去，

我叫沙滩给烫上去。

旧游地

二十年后的一条身子，

来到了二十年前的旧游地，

登上当年的石头楼

向远处放眼：

那些军舰①的铁链解除了，

大海呵，

你呼吸得多么自由舒坦！

踏踏踏，再也没有了刺耳的木屐声，

不见了那些"季候的恶鸟"——

用"文明的皮鞭"抽打中国人的美国水兵②，

我们的海军战士

在港口上一站，

大海呵，

你是多么威严不可侵犯！

海 军

早晨的操场上，

练操的步伐把大地震动；

傍晚，绿树荫里

闪动着赛球的

①指美、日帝国主义军舰。

②我当年在青岛时，每届夏季，美国军舰开来青岛避暑，美国水兵喝得醉醺醺的，用皮鞭抽打中国人，当时我曾写了一篇《文明的皮鞭》，发表在《东方杂志》上。

轻捷身影；

玻璃窗里透出灯光，

灯光下传出琅琅的读书声。

儿子和大海

农闲时节他赶来看儿子，

儿子是海军战士，

没事早晚散步到沙滩，

独个儿对着大海。

等他回到家里以后，

夜里常常作梦：

碧绿的波涛像野马奔腾，

黑色的飘带飘着海风①。

①海军制帽有一双黑色飘带。

一 瞥

海水蓝，天色蓝，

一片蓝色分不开边，

它作了一个少先队员的背景，

她的红领巾红得比虹还鲜艳！

她和他

爸爸驾起渔船出海去了，
留下她一个把家门守望，
凉棚下，手拿一本识字课本，
我知道她的心并不在书上。

一个年轻的渔人在沙滩上晒网，
来来回回鱼网总拉不平，
两双眼睛一碰就发光，
我知道他的心并不在鱼网上。

引　诱

午睡醒来，
海潮和弄潮人的欢呼
一齐涌进了窗子。
多诱人的声音呵，
它比绳子更有力！

脱下了

脱下了，脱下了
身上和心上的负载。

大海呵——绿色的世界，

一个个轻快的身子，

投向你起伏的胸怀。

湛　山

湛山，绿树给大道铺上凉荫，

远山近山像永不消散的云，

大海用双臂环抱着你，

湛山，你是胜地青岛的青鬓。

解放以前这里是禁区，

大好山水沾染了"达官贵人"的污尘，

今天，林荫道上走着工人、作家、干部……

千里万里，他们做了夏天青岛的画中人。

海水浴罢

热沙子烫得脚发痒，

一身轻便走在归途上，

一顶草帽遮住天上的太阳，

一个影子在地上晃。

"再见，大海"

一早我向大海辞行，

大海在雾罩里还没有醒，

踏着沙沙作响的沙滩，

"再见，大海"，我回头向大海投一个青眼。

1956 年 7 月 24 日—8 月于青岛湛山路

巧 云

傍晚，走出城门，
坐在河边的青石上，
我和我的小女孩，
并肩看巧云。

她的眼长在天上。
她在创造，她在发现：
呵，大烟囱，呵，拖拉机，呵，军舰……
她欢呼这天空里的奇观。

绝早，我独个儿来到原来的地方，
太阳还没有露面，
东方的半壁一片明丽，
它昭示了光明白昼的开始。

一支又一支烟囱，

一座又一座高楼的巨影，

这景象多么动人——

这大地上扎了根的巧云。

1957 年 12 月 19 日

你看你这个小姑娘

你看你这个小姑娘，
委委屈屈小模样，
小辫像摇货郎鼓，
蹦着跳着要出庄。

眼皮包着两汪泪，
嘴角拴住个小绵羊，
委委屈屈小模样，
你看你这个小姑娘。

是要买糖果没随心愿？
是看中了什么花衣裳？
是和要好的同学闹翻了脸？
请问你这个小姑娘。

不是为了这，也不是为了那，

发急只为了事儿一桩：

她要到人工湖上去挖土，

妈妈说"镢头的杆儿比你长"。

1958 年 3 月 13 日

凯　旋（组诗）

长年患病，对医院生活，颇多体味。于今健康情况逐日好转，感于当年情景，发为短歌十七首①。长期苦斗，终将病魔击败，故题名《凯旋》。

---

①这次编选时，删去一首。

联　系

长期受疾病管制，
掐着指头数日子，
黑夜来了白天去，
天花板像一页读腻了的书。

我的天地是一间斗室，
沸腾的世界却没有隔离，
耳边有一条长长的线②——
是一条心呀在紧紧联系。

②收音机耳机的电线。

朋　友

长廊上学步似的行走，
碰了面点一点头，
连姓名也不问一声，
彼此已经成了朋友。

探　听

一间间病房像蜂房，
当中隔一堵厚厚的墙，
心像蜜蜂到处飞翔，
探听着病友们温度的升降……

护　士

深夜里睁开眼睛，
一道亮光漏进了门缝，
眼波一样的柔和温暖，
一个战士守卫着大家的安宁……

黄　鹂

一只黄鹂在绿柳间穿梭，

支起身子用眼睛去捕捉，

像火光一闪，不见了，

歌声又在逗人的耳朵。

傍　晚

站在窗前迎傍晚，

翠绿的柳丝像垂帘，

白的人影在地下①，

红的晚霞在西天。

①傍晚，病友们穿着白衣在院中散步。

她和她的病人

她搀着他迈步，

像孙女搀着祖父；

他躺在床上她照顾，

喂饭喂汤像慈母。

送友人出院

我紧紧握着你的手，

用两颗眼泪送你走，

一颗里含着欢喜，

一颗里含着焦愁。

早　晨

推开窗子迎晨曦，
车站的大钟面对面，
时针像一只巨人的手，
催促人快马加鞭。

羡

坐在窗前向下望，
病友们散步趁晚凉。

向着远处放眼光，
马路上人们长着翅膀。

窗里的斗室像口井，
窗外的世界是大洋。

国庆十周年之夜

拉开窗帘看礼花，
强支起发热的身体。

狂欢的声浪近又远，

心像一只小船儿。

应着门声人卧倒，
想起了那关切的责备……

送大夫去西山植树

住院的日子渐渐长久，
好大夫成了好朋友，
放下听筒去拿镢头，
到处培育生命呀，你的手！

关　心

强耐着难耐的苦痛，
不愿意惊动医生，
深夜里孤军奋斗，
和病魔作着斗争。

手电筒微光一闪，
人进了门，门却无声，
医生关心着她的病人，
又怕把病人惊动。

忆

久久不见同志们的面，
一个个影子亮又鲜，
跃进的脚步耳边响，
我多想翻身跳下床。

探　望

①三四岁的小孩不准进医院病房。

小女儿站在楼下[①]，
爸爸站在楼上，
眼睛对着眼睛，
只是脉脉地相望。

教好了的话到时不响，
妈妈越催她越不开腔，
一个红苹果从窗口坠落，
欢笑声逐着它滚在草地上……

凯　旋

鱼儿归大海，
鸟儿奔丛林，
心比车子快，

飞出医院门。

见人想招手，
心里问声好，
"东单"①旧相识，
又像是新交。

①北京地名。

低头看马路，
心宽眼光远，
抬头望大厦，
纵身向青天。

院中二百日，
外界已千年，
古代传神话，
情景在眼前。

1961 年 1 月至 2 月 24 日

翠微山歌（十三首）

一

上山的石板路阳光铺满，
幽胜在高处投下了青眼，
暴雨把人留在四角亭上，
让你看烟雨中苍茫的山峦。

二

坐在房子里看峰峦，
窗子像一双四方的眼；
游人的脚步从窗前响过，
反把我的住房当风景看。

三

树头像碧涛，
百鸟在划翔，
悠然自得的歌声，
唱出了心胸的舒畅。

四

石子路上手杖铿铿，
布底鞋登云一样轻，
遮路的草蔓多情意，
扯住人的衣角不放行。

五

雨来了，
雾来了，
青山、红墙、金塔全沉埋了。

云收雾散了，
太阳露面了，
青山、红墙、金塔又出现了。

像洗了一个清水澡，

更精神，更好看了。

六

山中的夜呵，

幽深像井筒，

微凉薄被亲，

秋虫两三声。

七

太阳悬在中天，

绿树影儿圆，

午睡正朦胧，

蝉声续又断。

八

站在东山望西山，

山形有无暮霭间，

忽然太阳西边出，

红光红透半壁天①！

①石景山钢铁厂出焦。

九

孩子们好像是入了宝山，
到处的宝贝捡不完：
酸枣青青满山坡，
雨后菌子张黄伞，
拾了橡子当栗子吃，
黑枣在高处惹人馋……
到处的宝贝捡不完，
孩子们好像是入了宝山。

十

小孩子活跃像猴猿，
山里天地无垠宽，
转眼功夫人不见，
笑声响在山崖间……

十　一

野兔像个狡猾的贼，
扳倒玉米啃嫩穗，
孩子个个当猎人，
满头大汗空手回。

十 二

淡云散去天幕开，

一轮满月照下来。

松影儿婆娑，

舞影儿婆娑，

鸟儿闭了口，

蝉儿声不作，

山峰一齐垂下头，

看孩子们载舞载歌。

十 三

举起千只万只绿手，

翠微山殷勤送别我：

"深秋你再来的时节，

看红叶像红花千万朵。"

1961 年 8 月于翠微山中

《凯旋》序句[1]

①诗集《凯旋》,1962 年作家出版社出版。这篇序句,是以诗代序。

生活的道路美丽又宽广,

我的胸怀呵是这么舒畅,

心头像有只宛啭的春莺,

按捺不住要歌唱的欲望。

迎春花虽然开得很小,

她却有自己的一份色香,

噼噼啪啪像一支火鞭,

迎来了灿烂的大好春光。

1961 年 11 月 10 日北京

海防线上（组诗）

雨中登战舰

雨脚踏着海洋，

突起千峰万嶂，

白浪想攀着这条条绳索，

把身子升到天上。

暴雨里，

一片茫茫！

无形有声，

江山多雄壮。

脚下流水和心交响，

隔着水帘影在望：

你呵，钢铁的巨人，

紧贴在祖国的海岸旁。

外面呀，

波浪喧腾，

里边呀，

清幽安静，

戴着制帽的海军战士，

眼里亮出心里的热情。

你这钢铁战士，

大海就是你的家，

像一座巍峨的山，

在惊涛怒浪里上下，

雷达是你的眼睛，

大炮是你的嘴巴，

映带着壮丽的山海，

敢追击敌人到天涯。

现在，你静静地依傍着港口，

像依傍在母亲的胸中，

待马达一响，浑身是劲，

像一支箭射出去，带着响声。

今天，我在北京城，

晴天里想起了那暴雨的海空，

今天，敌人像群蛙鼓噪，

我看见了那一双双灼灼的眼睛……

大海呀，我听到你在咆哮，

大炮呀，我看见你昂起了头颈，

风暴来临的时候，

踏破碧涛铁马在奔腾。

访炮垒

淅零零，

雨衣有声。

树叶上，

珍珠颗颗，

脚下泥泞，

穿幽径。

雨洗山更青，

背臂微凉，

夏日吹秋风。

步步入幽深，

眼光四射不见人，

真可喜：

红瓦房

突然出现在绿丛中！

窗户上，

玻璃迷蒙，

竹竿上，

衣服未收净，

白色制服，

帽上双带飘海风。

亲热握手，

不像乍相逢！

穿过树林，小径似有似无，

手指点，

炮垒使得双眼明。

伏身潜入洞，

洞天情景自不同：

曲折甬道，

像马路宽展，

不闻车马声，

静，静，静。

炮弹一箱箱，

偎依成行，

似闻微语，

商量却敌兵。

"铁将军"置身堡垒，

探头在外，

口里沉默眼发明。

它天天看：

碧海色变，

云卷晴空，

祖国河山画图中。

它夜夜听：

狂风呼啸，

惊涛排空，

大海呼吸气势雄。

海上战士，

来往走动，

大炮在身旁，

书本在手中，

一面玻璃镜，

窥探着敌情。

不要看这么平静，

不要看这么从容，

一旦命令如雷响：

手不停掷，

大炮齐鸣，

使大海立起，

使敌人葬身波浪中。

1962 年 6 月 26 日

您　像……

大海呵，你有个宽广的胸膛，
吸引百川，浩浩荡荡，
你永远年轻，腾跃激昂，
我愿作条游鱼追逐在你身旁。

泰山呵，我爱你庄严雄伟的形象，
你头顶青天，立脚在深厚的土壤，
我愿作一块岩石，长在你身上，
经历春天的和煦，严冬的冰霜。

苍翠的劲松呵，你以八千岁为春秋，
皮像钢铁，枝干倔强，
风来不低头，雷击不弯腰，
我愿作一只小鸟站在你的高枝上歌唱。

亲爱的社会主义祖国呵，

您崇高像五岳，伟大像海洋，

您像苍松沐浴着春光，

您吸引着十亿同胞像磁石一样。

1981 年 3 月 20 日

春到庭院

不要小看我小小庭院，
它容得下整个春天。
呢喃空中有燕子，
风筝响弓送到耳边。

翩翩白蝴蝶一双双，
飞入梨花丛中不见。
丁香海棠各据一角，
红红白白呈娇斗艳。

休向我夸说西湖春如海，
我到过杂花生树、群莺乱飞的江南。
我也曾徘徊在鸭绿江上，
无边春色和我作伴。

不要笑我已到暮年，

不能远足，步履维艰；

庭院虽小，可以微观，

它给我割来一方青天。

长江大河，泰山华山，

祖国壮丽山河

仿佛近在眼前，

我把你紧紧拥抱，拥抱在心间！

1981 年 4 月 10 日北京

召 唤

一片云彩，

两地落雨点，

鸟儿一展翅，

就可以飞到对岸。

心和心早已搭好了桥梁，

一条海峡怎能把骨肉切断？

江河终于归到大海，

台湾，祖国在向你热情召唤！

1981 年 10 月 26 日

蝴　蝶

儿童时代，庭院中有个花圃，

成了蝴蝶旅游的胜地，

我爱她形体的多样，色调的富丽，

轻柔的姿态，斑斓的彩衣。

看她翩翩起舞的飘带

使微风有了情致，

分尝她吻着花心

那滋味的甜蜜。

一双天真的小眼睛，

紧追她的踪迹，

一只轻轻的小手，

捏住了她的双翅，

从自由自在的天地，

把她关在一间斗室，

她拼力地扑打——

扑打窗子的玻璃，

碰落了满身的花粉，
翅膀成了光板透明体。

四十年代，我在山城重庆，
住在歌乐山一家农舍里，
后园种了几畦子四季豆，
花开时节，蝴蝶飞来像一片云霓。
花谢了，四季豆上搭下挂，
嫩豆上一条条青的虫子，
从此见了蝴蝶我就扑打，
蝴蝶好看，四季豆好吃。

三十几个年头过去了，
我的冤仇已经忘记，
春天降临人间，
微风送蝴蝶到我小小的院子，
我怀着儿时美好的心情，
欣赏她在丁香丛中忽落忽起，
像一队队缟素衣裳的舞蹈家，
为我表演轻盈美妙的舞姿。
看着眼前的景色，
追悔山中的旧事。
人生当然要讲求实用，
美的价值却不容忽视。

1982 年 4 月 29 日

蜜　蜂

我的庭院像个小花园，
蜜蜂争着来花心钻探，
片刻不停，从这朵飞到那朵，
嗡嗡地唱出心里的快乐。

夏日的骄阳烧起一把火，
队里的一员在地上坠落，
小小体躯一劲地旋转，
它在忍受痛苦的折磨！

望着伙伴们在勤奋劳动，
头顶的天空无限辽阔；
自己辛苦采集的花粉，
一点一点随风散落。

312

我用一片绿叶作船，

把它过渡到阴凉角落，

它拼力挣扎又回到原处，

我的心和它同样难过！

①报载，蜜蜂头中有条小小磁针，可以定向，这磁针在太阳底下更加明亮。

它是想磨亮脑中的磁针①，

奋力飞回集体的老窝？

它是想找个同伴带回个音信：

"我死在远处，没有完成工作！"

1984 年 4 月 27 日

长 城（二首）

一

你是一条万里宝带，
束在中华大地的腰肢，
猛然你把身子竖立，
成为巍巍登天的天梯！

你把一个又一个山头，
紧紧地连结在一起；
你是鼓舞奋发的宏图，
装在亿万人民的心里。

二

你是一个雄心的外延，
你是辉煌历史的见证，

人的创造力胜过鬼斧神工，

试问，人间何事是不可能？

你威严而崇高的形象，

使仰望的人们感到压力；

在航天人员俯视的眼中，

你像一条掣不断的柔丝。

山岩是你躯体的骨骼，

雄关是你炯炯的双眼，

你用身子作一道屏障，

阻住北边吹来的风寒。

你是世界文化的曙光，

你是中华民族智力的结晶，

长城，一个伟大神奇的存在，

一个万古不朽的精灵！

1984 年 6 月

深情动人心

洛杉矶奥运会消息:一位老华侨说:"我花了一百美元买了一张票子,百分之二十五看体育运动,百分之七十五看国旗。"闻之大有感,即兴赋此诗。

三句话,

动人心。

字少心意重,

诚挚含蕴深。

它像有力的诗句,

把人抓得紧紧!

它使我想起

《洗衣歌》①里的主人:

孤灯之下

流着思乡泪,

污辱的浊水

泼人一身。

①《洗衣歌》是闻一多的著名诗篇,写华侨受难,充满爱国主义热情。

①《三个老华工》是司徒乔为
华侨作的素描，很有名。

《三个老华工》①

也向我默默出神：

脸上的皱纹

钢丝一条条，

风霜把他们

雕刻成石像三尊！

他们是

受苦受难的侨胞，

他们是

伟大炎黄的子孙！

我们祖国，

姓有百家，

共性却只有一个：

"中国人"。

几十年来

说着外国语，

却永记母舌

那亲切的声音；

置身异国的疆域，

忘不了根土的深恩，

越地的鸟儿

筑巢南枝，

人人胸中

都有颗赤子之心！

近百年史上，一行行，

写着中国人民的遭受：

耻辱、血泪和酸辛！

多少英雄

为之流血，

多少烈士

为之献身！

终于，革命激流

冲垮了重重障碍，

终于，改换了天地，

扭转了乾坤！

看！一竿红旗

立地顶天，

看！中国人民头上

升起了红日一轮。

看！新生一代

生龙活虎，

冲锋陷阵，

何等精神！

一块块金牌，

一声声欢呼，

中华大地上

活跃着生机勃勃的青春！

1984 年 8 月 2 日

生命试卷的鉴定

——向老山抗越前线战士们致敬！

我没有到过南疆，

我熟悉老山的大名，

我们没有见过面，

却有亲人一样的感情。

聆听了"汇报团"的汇报，

句句入耳，字字心动！

隔山隔水，千里万里，

我看到了你们一个个身影，

像一座座挺拔的山峰，

像血肉筑成的长城。

有你们作屏障，

挡住了北向的飓风。

在这隆冬腊月，

家家守着一炉火红，

怎能不感到

猫耳洞里的冰冷？

在佳节来临的日子，

千家万户的欢笑声中，

怎能掩得住耳际大炮的轰鸣？

为了山河的完整，

为了人民的安宁，

为了建设大业的顺利进行，

为了对祖国的无限忠诚，

你们日日夜夜，

春夏秋冬，

在奋战，在冲锋！

在流血，在牺牲！

你们坚强的行动，

你们高尚的心灵，

给寻求生命意义的试卷，

一个满分的鉴定。

人活着，不是为了

捞金钱，图享受，

争地位，夺功名；

人活着，要有个广阔的心胸，

装着金色的思想，

装着亿万父老弟兄，

装着大河滔滔，五岳葱葱，

装着整个世界，人类未来的美景。

你们不是哲学家，

也不是写诗成名，

实践比空谈更加动人；

厮杀呐喊，

使那些浅唱低吟哑然失声。

你们心地坦坦荡荡，

境界像秋水澄澈。

有的在人生长途上刚刚迈出第一步，

起点却成了终点，

太遗憾呵，太匆匆，

过早地就用血浆把结论写成。

这支生命之歌呵——

叫人心疼，

叫人深省，

叫人肃然起敬！

你们有所向无敌的坚强斗志，

你们把责任感看得这般神圣，

你们视死如归的伟大气概，

你们对亲人和战友的海样深情，

像暖人的一股热流，

像一阵强劲的风，

发出亲切而又有力的呼唤，

掀动着每个中国人的心胸！

1985 年 12 月 5 日

附记：北京朗诵艺术团团长殷之光同志,1986年春节参加北京慰问团将去老山前线,嘱我写首诗带去,我有此宿愿,欣然命笔,急就成章。他归来后,兴奋地向我谈了在猫耳洞朗诵这首诗的热烈动人场面；并捧给我一盆战士赠送的老山兰。不久,我接到抗越前线战士们的来信,并附来了转载这首诗的战地诗报。同时,一位团政委同志也来了一封感谢信,我心里极为感动,又感到很欣慰。

1990 年 9 月 12 日

诗神问答

诗神，你安身
在什么地方？
我在黄河的大浪上，
我在泰山的顶峰上，
我在春风的翅膀上，
我在秋月的光缕上。
我在低昂的音符里，
我在缤纷的花丛里，
我在孩子的笑声里，
我在情人的眼波里。
我飘忽的行踪，
御着灵风。

1986 年 10 月 3 日

风筝的天空

清明前后，将在山东潍县举行全世界风筝大赛，邀我前往观赏。人未动身，而诗先成矣。

在苏东坡北俯的潍水上，

春风把风筝托上了高空，

看鱼龙，看留海，看蝴蝶，看花灯，

绿的飘带，红的长虹，

自由飞翔，和平竞争，

看谁飞得更高，看谁佳兴更浓。

风筝，一个个比翼天空，

地上的眼睛像元宵的灯，

头颅高昂，八面春风，

听风筝的响弓铮铮，

听全世界欢笑的心声。

眼前景，心中情，

海样深，酒样浓，

念岁月之悠悠，

觉宇宙之无穷。

人生——

这么高尚，这么美妙，这么和谐，

这样充满了画意诗情。

风筝——

把老翁变成了儿童，

一条长长的线，

把人们引入了纯真的至境。

竞赛而不嫉妒，

和和乐乐，高高兴兴，

自己好似扎上了翅膀，

飞上了天空。

风筝，是和平的使者，

在天上声声宣称：

我们要安宁！我们要和平！

争夺霸权的野心家，

不许霸占大自然杳溟！

不准战争贩子放出杀人武器，

刹那间，历史文明，五十亿生命，

化为无有，地球上，冷灰一堆，

寸草不生！

我们要看——

飞禽走兽，各安其生，

各逞其性，各显其能；

我们欣赏——

鱼跃于渊，鹰击长空。

我们要，人人活着，生趣盎然，

像春天的和风，

我们要，活得自由自在，

像天上的风筝。

天上的风筝，替人类

守卫着天空，

"星球大战"的图纸，撕它个粉碎，

付诸丙丁！

天空，是共有的财富，

是嫦娥起舞的仙宫，

是牛郎织女幽会的玉宇，

是风筝游戏的穹隆。

1987 年 1 月 15 日

我

我，
一团火。
灼人，
也将自焚。

1992 年

——我是个执著人生、热爱祖国与人民的人。有志向，富热情，易激动，爱朋友。由此，日夜燃烧，受大苦，得大乐。我有个习惯，好用短句，随时记下个人深切的感受。前年，为给自己的精神写照，记录下这样两个句子："我是一团火，灼人将自焚。"去年，经过深思锤炼，成为十字四行的短小的诗。近来，我多写旧体诗，没写新诗了。近日，在给屠岸同志的信中，兴来将它插入，我原来没有发表的想法。

1993 年 10 月